최경숙 에세이

# 50세 사춘기

이 시대 끼인 세대들에게
전하는 위로의 글 한 다발

50세 사춘기

**지 은 이** 최경숙
**펴 낸 이** 김성태
**디 자 인** 김나윤
**펴 낸 곳** 이상공작소

**초판 1쇄** 2020년 7월 25일
**초판중쇄** 2020년 8월 25일
**출판등록** 2019년 7월 12일 제375-2019-000058호
**주      소** 경기 수원시 장안구 수성로303번길 32-13(정자동)
**전자메일** idealforge@naver.com
**홈페이지** blog.naver.com/idealforge
**전화번호** 050-6886-0906
**팩스번호** 050-4404-0906
**S N S** 인스타그램 ideal_forge 페이스북 idealforge

ISBN 979-11-970938-0-7
값 15,000원

최경숙 에세이

# 50세 사춘기

이상공작소

# 서문

　대학 3년 재학생인 남편과 결혼해 연년생으로 자녀가 셋. 재정적으로 독립할 수 없었던 우리 가정은 시댁의 대가족과 함께 4년을 살아 내야 했다. 남편의 대학 졸업과 동시에 분가를 꿈꿨지만, 시아버님의 시의원선거 출마, 낙선으로 인한 가계의 어려움이 우울증과 분노로 표출됐고 더 이상 참을 수 없는 지경까지 이르렀다.

　이혼을 결심하게 됐을 때 친정엄마의 간곡한 만류로 시댁에서의 분가를 결정했다. 친척이 있다는 이유로 직장도 무엇도 결정된 것 없이 무작정 상경한 인천. 그렇게 자리 잡은 인천 반지하 방. 남편은 제과 회사 영업사원으로 취직했다. 출근하는 남편을 배웅하고 퇴근하는 남편을 위해 저녁을 준비하고, 그렇게 행복한 일상이 시작됐다. 그러던 어느 날 남편이 직장에 사표를 내야 한다고 했다. 그때만 해도 점포에서 수금되지 않은 돈이 많아지면 월급보다 부채가 더 많아진다는 사실을 알게 되었음이라.

　그렇게 우여곡절 끝에 빚을 내 사업을 시작하게 되었지만, 나라의 외환위기를 겪으면서 사업을 정리하고 본가로 귀환했다. 그 후 다시 사업을 재기하게 됐고 성공과 실패를 거듭하면서 지금까지 열심히 살아왔던 내가 나이 오십 중반에 들어서고 있음이라.

　모두가 그렇게 살아냈던 세대, 그 세대가 지금 직장의 퇴직을 바라보고 있다. 자녀들이 졸업하고 결혼하고 빈 둥지만 남게 되고, 또 봉양할 부모님은 생명 연장선에 놓이다 보니 위로 아래로 눈치를 봐야 하는 낀 세대. 딱히 어른이라 할 수도 없는 나이 50대의 중년. 꿈도 있었고 도전할 수 있는 용기도 있었지만, 가난과 싸워야 했고 젊음을 포기하면서까지 경제의 영역에서 일해야만 했던 우리 세대. 그런 우리가 있었기에 지금의 시대를 살 수 있다고 말하고 싶다.

　지금 우리는 청년도 아니요, 노년도 아닌 시기를 지나고 있다. 어른도 아닌 어른의 모습으로……. 그러나 우리는 도전한다. 잃었던 꿈을 향하여 포기했던 내 삶의 한 부분을 되찾고 싶다고 소리치고 싶다.

　인생 중반전의 갈림길에서 내가 서 있어야 할 곳, 가야 할 곳을 점검하고 또 도전의 기회를 살펴볼 수 있도록 희망의 징검다리가 돼봐야겠다.

2020년 늦여름

저자 최경숙

# 차례

# 3장
## 부부로 살면서 산전수전 공중전 다 겪었으면서도 또다시 오전

# 4장
## 함께 공유하고 치유하고 사랑하고

# 5장

### 겸손과 배려는 모든 허물을 덮어낼 수 있는 가장 효과적인 처방이다

# 6장

### 모든 것에 감사하는 너그러운 마음으로 세상을 바라보자

## 7장

나도 너처럼 아플 때가 있었단다. 이제야 내가 아닌 상대를 볼 수 있는 눈이 생겼다

## 8장

### 새로운 시작과 도전

1장

삶의 중반에 들어섰다고
인생의 성공이 이루어지는 것이 아님을 알게 되다

# 내가 55세가 된다면

01. 크지는 않지만, 정원이 있는 아름다운 내 소유의 집
02. 통장 잔고를 걱정하지 않고 인출할 수 있는 현금
03. 노후 걱정 없이 살 수 있는 부동산 소유
04. 자녀들이 자기 적성에 맞는 직장이나 사업 발굴
05. 자녀들의 결혼
06. 한 달에 한 번 가족과의 여행
07. 부부가 함께하는 세계여행
08. 마음껏 할 수 있는 취미생활
09. 건강한 마음이 함께하는 봉사 생활
10. 나를 되돌아볼 수 있는 자서전 출간

# 지금 나의 55세는

01. 건물은 소유하고 있지만 리모델링을 해야 하는 부담
02. 통장 잔고는 있지만 마음대로 인출할 때의 두려움
03. 노후 대비용 부동산의 재산세 염려
04. 자녀들이 퇴사를 준비할까 염려
05. 자녀들의 결혼과 동시에 오는 걱정들
06. 모두가 바쁘다는 자녀들의 일정
07. 부부가 각자의 영역에서 생활
08. 마음껏 할 수 있는 취미생활의 제한
09. 건강하지 못한 육신의 질병
10. 나를 뒤돌아볼 수 없는 삶, 여유 없음

10개의 항목이 지금 내 55세의 발목을 잡고 있다. 무엇 하나 제대로 이뤄진 것이 없는 허탈한 시간이 나에게 주어짐이라. 내가 꿈꾸던 세상은 아닌데 오롯이 가족과의 미래를 위해 쉼 없이 일하고 달려온 시간의 보상이 과연 무엇일까.

# 또 그렇게 나의 55세는 다가오고 있다

아무것도 이뤄놓은 것 없이 살아 내야 하는 55세가 손짓한다. 가야 하나 말아야 하나, 결정은 나의 몫이 아님을 너무 잘 알면서도 아무 대책 없이 떠밀려갈 것 같은 두려움이 엄습해 옴이다. 지금의 일상이 그대로 흘러갈 것임을 알고 있다. 아침에 눈을 뜨면 하루의 삶 위에 세워져 있을 나의 무대는 그렇게 또 하루를 기다리고 있음이라.

막내딸의 상견례를 마치고 돌아오는 길, 이제 내 할 일은 모두 다 했다는 안도의 한숨이 나도 모르게 새어 나왔다. 앞만 보고 달려왔던 30년의 결혼 생활. 이제 종지부를 찍어도 된다는 생각이 스멀스멀 올라온다. 적어도 나는 그랬다. 고단했던 나의 신혼. 연년생으로 낳은 세 자녀의 엄마로서 그런 시간을 어떻게 지내고 견뎌 내왔는지 지나온 길이 아득하기만 하다. 엄마라는 굴레로 또 딸이자 며느리라는 굴레로 어느 것도 온전하게 택할 수 없었던 현실 앞에서 나는 무기력했다. 삶의 하루하루를 살아내고 버텨낼 수밖에 없었다. 흔하게 이혼하면 된다고 생각했지만, 자녀가 셋인 나는 엄마의 본분을 포기할 수도 없었고 내쳐 버릴 수도 없었음이라.

그리고 가계의 부도로 인한 부채는 이혼조차 사치로 여겨지게 했다. 나보다도 자존감이 낮았던 남편은 나의 버팀목이 되어주기보다는 내 삶의 걸림돌이 되었고 삶이 지치니 도박과 술에 취함으로 하루를 탕진하는 시간이 많았기에 차라리 죽어주기를 간절히 기도했던 시간도 있었음이라. 나는 그런 시간 앞에서 결코 무릎 꿇지 않았다, 포기하지도 않았다. 겁 없는 무사와 같이 싸워서 이겨내겠노라고 다짐하고 용기를 더 가졌다. 나에게는 세 자녀가 있었기 때문이다. 아들이 중학생이 되었을 때 '이혼하자'고 결심한 나를 아들은 붙잡고 매달렸다.

'엄마 제발, 내가 졸업하면 이혼해 주셔요. 학교에 못 가요, 쪽팔려서.'

그때만 해도 이혼은 아이들에게는 상처가 되는 때였음이라. 그러나 나는 그 말을 심장에 담았다. 그래, 결코 네가 결혼할 때까지는 이혼하지 않겠다고 마음에 각서를 써 놨다. 그리고 실천했다. 그때야 나는 나의 배타적인 마음을 들여다보게 되었다. 서로 배려의 시간도 없었고 섬김의 시간도 없었고, 인내의 시간도 없었던 시간. 무조건 상대방을 비난하고, 틀리다고 단정 지었던 나의 배우자에 대한 편협함. 나의 일방적인 판단이 남에게 상처를 주었다고 생각하게 되었다. 그러나 나 자신도 혹여 환경이 주어졌다면 이혼으로 결론 내리고 있었을지도 모른다.

세 자녀가 대학생이었을 즈음 시작한 신규 사업의 부도로 가정의 경제 사정은 바닥을 내달렸고 자녀들 모두가 학자금 대출로 채무자가 되게 만들었던 미안함은 지금도 마음에서 사라지지 않는다. 그런 자녀들이 내 품을 떠난다. 아들이 결혼하고 큰딸이 미국에 취업하고, 이제 막내가 결혼한다. 험난하고 힘들었던 시간이 일기장의 추억으로 남겨진다. 그러니 내가 할 몫을 다한 것 같은 생각이 든다. 자녀들이 떠난 빈 둥지 속에서 나는 이제 홀로서기를 배워야 한다. 누구도 내 인생을 살아주지 않는다. 나는 이제 어떤 삶을 선택해야 할지 고민하고 그 삶에 또 한 번 도전장을 내 본다. 갱년기 증상으로 얼굴에 홍조가 올라가고 잠이 오지 않는 밤도 지새워보고 관절로 인한 통증도 있다. 그러나 나는 다시 시작한다. 나의 삶은 결코 실패가 아니었다고 말하고 싶다.

"현지야, 이번 아빠 생신은 너희 집에서 하면 어떨까? 이사도 했으니 집들이 겸하자."

말이 떨어지기 무섭게 '엄마, 자고 가는 것은 안 돼요' 그 말은 듣는 순간, 마음 한편에서 무언가 떨어져 내리는 느낌이 든다. 서운한 감정이 드러내진다. 자녀들 집에는 가고 싶지 않다는 생각이 든다. 얼마 전에 결혼을 앞둔 아들이 던진 말이 생각난다. 혹시 결혼하면 집 주소조차도 알려주지 않겠다고 으름장을 놓던 아들. 앞길만 달려온 길이 이제 반백 년의 인생을 넘어 달려가고 있다. 누가 밀어내지 않아도 나이는 앞길을 재촉한다. 지금 중학생들이 겪고 있는 사춘기를 내가 겪고 있다는 생각이 든다. 위로는 부모를 봉양해야 하고 아래로는 자녀들을 봉양해야 하는 세대, 그런 낀 세대가 50대의 우리가 아닐까.

# 5만 원씩 부여되는 자기의 몫

아들의 결혼 통보에 이어 딸의 결혼. 거기다 큰딸의 미국 이민. 연년생 아이들이 한 번에 내 품을 떠난다는 사실이 해방감과 동시에 새 가족의 입성으로 나를 부담스럽게 만든다. 모두의 결혼에 앞서 상견례를 마치고 각자 5만 원씩의 회비를 요구했다. 남편도 나도 아들도 며느리도 딸도 사위도 각자 이름으로 통장에 입금을 요구한다. 우리 가족이 현재로 7명이니 35만 원이 매달 저축된다. 가족의 공동 경비의 모금이다. 가족이 모여지니 돈 문제부터 해결해야 한다고 생각했다. 무조건 부모의 몫으로, 무조건 자녀의 몫으로 돌리기에는 부담스럽다는 생각이 들었기 때문이다.

또한, 매번 저축되는 회비가 있으니 가정 대소사의 금전적인 지출에 대한 부담이 크게 덜어짐이라. 35만 원씩 1년이면 420만 원이 된다. 그러나 지출은 200만 원 정도. 10년 20년을 꾸준히 불입하면 후에 우리 부부의 장례비가 마련됨이라. 입금은 각자의 몫으로 함을 명시한다. 혹 이탈자(사망이나 이혼 대비)가 있을지도 모름이다. 그 때문에 가족 간에도 돈에 대한 출처를 투명하게 밝혀야 한다는 원칙을 세웠다. 돈은 가족을 멀어지게도 하고 가깝게도 한다는 것을 알게 됨이라. 사업에 무리한 투자를 하면서 친인척들에게 빌린 돈은 서로를 서먹하게 만들었고, 또 멀어지게 만든 계기가 되었기 때문이다.

# 결혼하면서 독립하는 자녀들에게 방종이 아닌 자유를 주어야 함이라

"엄마, 명절이면 우리는 외국으로 갈 거예요."

아들이 유난히 너스레를 떨면서 협박하는 말이다. 나는 아무렇지도 않게 "그러셔요." 대답한다. 나는 솔직히 속으로는 좋다. 굳이 명절에 와 주길 바라는 마음이 없기 때문이다. 나 또한 명절이면 대가족이 모여 넘쳐나는 먹거리와 할 일도 없이 빈둥거려야 하는 시댁에서의 1박 2일이 버거울 때가 많았음이라. 각자 가정에서 서로의 담소를 나누며 조촐한 음식과 차한 잔의 여유를 가지길 바라는 마음이다. 그러나 병환 중이신 시부모님을 찾아뵙지 않는 것은 자녀의 도리를 다하지 못한다는 마음이라는 것을 알기에 명절을 함께함이라. 나의 자녀들은 명절에 얼굴을 보여주고 담소를 나누는 것이 효도라는 것을 모를 수도 있다. 굳이 식사하지는 않더라도 얼굴을 보여주고 손 한번 잡아주는 것이 자녀의 도리임을 배워야 하지 않을까.

나의 신혼 시절을 생각해봄이라. 명절이면 동생들이 서울에서 내려오게 된다. 얼마나 보고 싶은지. 그러나 대가족에 끊임없이 오는 친인척들 뒷바라지로 분주하게 보내고 친정에 가보면 동생들은 벌써 떠나고 없다. 그때의 아쉬움이란 이루 말할 수가 없음이라. 그러니 며느리라는 족쇄로 며느리를 묶어두지 않겠다. 다짐하고 있었기에 명절이면 며느리에게 한 번은 친정에서 한 번은 외가에서 지내기를 권유함이라. 딸도 마찬가지로.

## 55세의 반란이 시작되다

"경숙 씨, 나랑 함께 평생교육원에 한번 가보지 않을래?"

하루하루가 멀다 하고 싸우는 가정이 안타까워 권면한 후배. 그렇게 권유받은 가족 심리상담. 나도 모르고 있을 내 심리상태에 대해 궁금했다. 첫 수업, 자기소개 후 성격유형을 체크하면서 내 성향을 알게 되었고, 남에게 문제가 있다고 지적할 게 아니라 내가 10주간 수업을 받아야겠다고 생각하게 되었다. 수업을 담당하는 교수의 상처와 내면 치유가 우리 가족에게도 적용된다는 생각이 들었다. 급기야는 미국 취업을 앞둔 딸과도 수업을 받게 되면서 새로운 세상을 경험하게 되었다. 지금까지 겪은 딸의 아픈 상처를 보게 되면서 나의 편견과 오만한 행동들을 되돌아보게 됨이라. 또한, 분노조절장애 수업에서 먹고 살기 급급했던 내가 정작 분노조절장애를 앓고 있는 환자는 아니었는지, 아니면 내 고집과 아집으로 일그러진 아내의 자리와 엄마의 자리를 지키느라 고군분투했던 건지 생각해 보게 되었다.

다른 세상을 접하면서 밀어 넣어 두었던 나의 내면을 들여다보기 시작했다. 나에게 문제가 있을 수도 있다는 의심을 문서로 접하게 됨이라. 그렇게 시작된 수업, 그때부터 나의 55세의 반란이 시작되었다.

## 그때는 왜 그랬을까

　나쁜 남자가 유난히 멋져 보였던 나. 툭툭거리는 남자다움에 남편이 괜찮아 보였고 매력을 느끼게 되면서 별다른 교제의 시간도 두지 않고 직업도 없는 남편을 택하게 된 것을 세상은 인연이라고 하겠지. 그 선택이 얼마나 무모했는지를 살면서 겪어야 했던 고난의 시간들이, 내 발등을 찍어내고 싶은 순간들이 수도 없었음이라. 가족보다는 친구를 사귀기 좋아하고 본인의 이익보다는 남의 이익을 목말라했던 나쁜 남자의 전형이라 할까. 그래서인지 아들의 배우자와 딸의 배우자가 온전한 직장에 온전한 사람이기를 수없이 기도하며 살았는지도 모른다. 나의 판단대로 결정되는 순간들은 내 인생에서 고난의 세월이 되기도 한다. 다시 되돌릴 수 있다면 적어도 2년은 온전하게 사귀어보고 결혼해야겠다고 생각한다.

　나는 신앙을 가지고 있다. 그러나 내 안에 잠자고 있는 돈에 대한 욕심은 내가 믿는 하나님을 능가했다. 분명 주일에는 일을 안 하겠다고 하면서도 돈 앞에서 일이 보이고 급기야는 아무도 모르게 일을 한다. 과연 아무도 모르게 한 것일까. 나는 돈의 노예로 살아온 시간을 부정하지 못한다.

　신앙은 나를 포장하는 포장지 정도였음이라. 돈이 나의 하나님이 되는 데에는 그리 오랜 시간이 걸리지 않았다. 내가 신을 택했더라면 얼마나 지혜롭고 행복한 노년의 시간을 보내고 있을까. 내 주인이 돈이었음을 깨닫고 주인 바꾸기에 투자한 시간은 일생의 절반이었다고 해도 심하지 않음이라. 욕심은 나의 신앙심까지 바꿔놓는다는 사실을 그때는 왜 몰랐을까. 지금 자녀들에게 지나친 돈과 지나친 사랑은 인생을 슬프게 한다는 것을 알려주게 한 계기가 됨이라.

# 가장으로 세워진다는 부담감

남편은 건강한 사람이다. 적어도 외형적으로. 내면은 상처로 인해 중병을 앓고 있는 환자임을 이제야 알게 되었다. 급한 성격에 분노조절장애를 앓고 있고 자존감이 없는 전형적인 한국의 큰아들이 바로 남편임이라. 매사에 큰소리는 쳐대지만 정작 용두사미의 일 처리. 나는 그런 남편의 심리 상태를 몇 년의 시간이 흐른 후에야 알게 됨이라. 사랑 표현은 서툴고 주고 받는 것에 인색하고 쑥스러워했으며 일상은 그로 인해 숨도 못 쉴 정도였다. 자존감이 낮은 남편은 직장 생활도 매우 힘들어했다. 그러니 직장 근속은 생각조차 못 하고 결국에는 친정의 도움으로 작은 가게를 시작했지만 불성실함으로 이어지는 불협화음. 이 또한 몇 개월을 못 버티고 도산하게 되는 시간의 연속이었다. 자연스럽게 내가 가장의 역할을 감당해야 하는 가정의 가장으로 어렵고 힘든 시간을 살게 됨이라.

지금에야 말할 수 있다. 나는 사업가가 아닌 현모양처가 꿈이었다고.

## 깊이 박혀있는 상처에는 사랑이라는 연고가 제일인 듯

일 중독에 빠진 우리 가정에서 자녀들을 돌본다는 것은 임두 내기 힘든 일이었다. 빚으로 시작한 사업은 남편과 나를 매일 현장으로 내몰고 있었음이라. 자녀가 셋인 가정의 아침을 생각해보자. 우리 사업은 이른 시간 현장에 도착해야 했다. 그 전에 아이들을 등교시켜야 하지만 아이들은 그 새벽에 일어나 주지 않았다. 아침에 일어나지 못해 차를 태워달라고 요청하는 큰딸이 얼마나 밉게 보이던지. 매일 전쟁 같은 아침을 맞이했다.

"너, 차에서 내려."

어떤 이유인지 기억나지 않지만 딸의 심한 말대꾸에 화가 치밀어 올라 학교가 아직 먼 거리였는데도 차 밖으로 내밀쳤던 기억이 난다. 울며 가는 등굣길에 얼마나 나를 미워했을까. 그런 시간은 딸의 마음을 멍들게 했고 장년이 되어서까지도 상처라는 노트를 기록해두었음을 보게 됨이라. 또 자식들 가운데 자기만 차별받고 있다는 절망에서 몸부림쳤던 딸의 아픔이 지금에서야 보이기 시작함이라.

온전치 못했던 가정. 매일 싸움의 연속이었다. 그 가정에서 빠져나갈 수 없었던 절박했던 사춘기의 시간을 살아 주었던 자녀들에게 미안할 따름이라. 자녀들은 나를 기다려주지 않고 훌쩍 자라 성년이 되었고 각자의 가정을 이루어냈다.

사랑으로 키워내지 못하고 내버려 둔 잡초처럼 뒹굴었지만, 오직 자녀들의 잘됨과 온전한 성장만을 기도하며 살았음을 그들이 알아줄까.

지금이라도 나의 사랑 모두를 전해주고 싶다. 상처는 흔적이 남기도 하지만 사랑이라는 연고를 발라주면 아문다는 것도 알 수 있게 된다. 그러나 그 상처를 내버려 두면 종기가 되고 썩게 됨도 분노조절장애를 공부하면서 알게 된다. 상처로 뭉쳐진 큰딸은 본인 스스로 심리치료를 받기 시작했다. 나 또한 공부하면서 내면이 치유되어야 모든 일상이 행복하다는 것을 깨달았다.

치유는 가족의 사랑과 배려와 용서가 있어야 함을 알 수 있었음이라. 지금 자녀들의 상처가 아물고 온전하고 성숙한 어른이 되어감에 감사하다.

# 가족이기 때문에 더욱 지켜야 하는 약속

자녀들이 반기를 들었을 때가 있다. 가족 간의 질서가 무너질 때, 용서가 안 된다는 것을 알게 된 계기가 있다. 그것은 약속이다. 가족 간에 쉽게 넘어가는 것이 사소한 약속이다. 취업하게 된 딸이 잠깐 자취방에서 집으로 돌아와 산 기간이 있었다. 그때까지도 남편은 변하지 않은 언어와 행동들로 큰딸과 수없이 부딪히고 있었다. 사용한 물건을 함부로 놓고 본인이 할 수 있는 것도 딸에게 심부름시키는 일은 가족을 괴롭게 하는 일이었다. 장성한 자녀들이 감당하기에는 당연히 반감이 생긴다.

"야, 이것 좀."

"저것 좀."

질서라고는, 예의라고는 전혀 찾아볼 수 없는 가족. 그러자 딸이 원칙을 세우면서 약속하게 되는 일들이 생긴다.

첫째, 식사 시간 함께 거들기.

둘째, 물건 제자리에 가져다 놓기.

셋째, 변기 뚜껑 올리고 소변보기.

사실 아무것도 아닌 것 같지만 그런 것에 익숙하지 않은 남편은 일방적으로 명령한다는 생각에 자존심이 상하면서도 며칠을 다그치자 반문하지 않고 약속을 지켜나가기 시작했다.

그러나 얼마 못 가 다시 답습되는 일상. 어느 날, 딸과 언쟁이 높아지고 급기야는 폭력 사태까지 이어지는 현장. 한 발 뒤로 물러서 주지 않는 딸과의 전쟁은 드라마를 보고 있다는 생각이 들 정도였다. 술도 취하지 않은 맨 정신에서 오는 불협화음이니 뭐라 제재를 못 할 상황이다.

간신히 진정시키자 큰딸은 서울에 혼자 사는 작은딸네로 가출했다. 분이 풀리지 않은 남편은 여행을 하루 앞둔 딸의 여행 가방과 여행용품을 모두 잘라 버리고 딸과의 인연을 끊어버리겠다고 발버둥 쳤다. 그렇게 냉전으로 지나간 시간이 1년 정도. 그러자 당연히 가족 카톡 방이 정리되고 남편과 이야기하는 자녀가 없어지고 말았다. 가족이 분리된다는 것은 아주 슬프고 비극적인 결말을 가져온다.

결국에는 남편의 사과로 인해 풀어졌지만, 그동안 마음고생을 함께 한 가족들의 피해는 누가 책임질 것인가. 가족이기에 예의가 있어야 하고 가족이기에 지켜야 할 약속은 반드시 지켜야 함을 알게 되는 시간이 되었음이라.

## '며느리 손님' 맞이하기

　결혼한 지 몇 달 되지 않은 아들의 연락이다. 신년 여행을 다녀오면서 집에 온다는 통보. 며칠만 있으면 명절이라 오라 가라 하지 않았는데 연초 인사를 온다고. 마침 토요일이니 점심을 먹자고 한다. 외식하는 것도 뭐하고 또 며느리에게 직접 만든 음식으로 함께 하고 싶다는 생각이 든다. 그러나 음식만 준비하는 것이 아니라 집 안 청소도 하고 평소에 관심 없었던 베란다의 화분들에까지 신경 쓰게 된다. 잔잔한 긴장감이 드는 것은 사실이다. 내 시어머니도 이랬을 것 같은 생각이 든다. 누군가 집을 방문한다는 것에 그만큼 신경 쓸 일이 많아진다는 것은 결혼해 출가한 아들보다 며느리가 아직은 손님이라 생각되기 때문이다. 그렇다고 며느리가 어렵거나 거리감이 느껴지는 것은 아니다.

　가족임에도 예의와 원칙을 세워야 하는 적당한 거리감을 가지는 가족관계. 너무 격의가 없어도, 너무 격식이 넘쳐나도 안 되는 관계. 이런 원칙이 세워질 때 비로소 가족의 틀이 세워진다는 사실도 기억해야 함이라.

　점심을 준비하고 함께 식사하며 맛나게 먹어주는 가족이 있어 마음이 기쁘고 즐겁다. 넘치게 만든 음식을 며느리에게 챙겨주었다. '며느리 손님'은 이렇게 한 해의 인사를 마치고 돌아갔다. 마음에서 따뜻한 감정이 올라온다. 내 아들과 잘 살아내 주어 고맙다고 말하고 싶다.

# 내가 집어 든 것은 강아지 간식

청소용품을 사기 위해 마트를 기웃거렸다. 그러나 맨 처음 눈에 뜨인 것은 막내딸과 함께하는 반려견의 간식. 살피게 된다. 그리 싫어했던 강아지 키우기. 털도 빠지고 대소변도 그렇고 냄새도 나고 등등의 이유를 붙여서 집안에서 동물을 키우는 일은 절대 사양하고 나에게는 있을 수 없는 일이라고 말해대던 내가 강아지의 간식을 고르고 있으니 혼자 웃음을 짓게 된다. 말이 앞서면 안 되는 일. 혹시 손주를 돌봐 달라면 절대로 안 될 일이라고 손사래를 저어대던 나는 과연 그런 상황이 생겨나면 어쩔는지. 말이 앞서지 말자는 생각이 든다.

그토록 싫어했던 강아지를 지금은 서로가 많이 보려고 안달하는 우리 가정의 상황을 보라. 그래서 정이 들면 힘들다고 하는지도.

## 사전연명의료의향서 등록증

    친정엄마가 며칠을 조르신다. 국민건강보험공단에 가자고. 왜 그러시냐고 묻자 '생명이 다했을 때, 연명을 위한 의료기계에 의존하지 않겠다.'라는 각서 같은 것을 작성해야 한다고 하심이다. 나도 듣기는 들었는데 정확한 내용을 알지 못했고 하루라도 빨리 작성해야 한다는 친정엄마의 성화에 국민건강공단에 방문하게 되었음이라. 내용을 들어보니 나에게도 적합한듯하여 함께 작성했다. 나중에 아파서 회복 불가능한 상태가 됐을 때 연명치료를 받지 않겠다는 뜻을 미리 밝혀두는 서류이고 카드로 발급되어 주민등록번호만 대면 어느 의료기관이건 모두 알 수 있는 시스템이라고 한다. 그랬다, 내 엄마는 적어도 본인의 상태보다 혹여 자식에게 피해가 될까 봐 조금 더 건강한 정신일 때 작성하고 싶었는지도 모른다.

    엄마가 서류를 작성하는 것을 지켜보니 나 또한 내 나이가 마냥 젊은 나이가 아니라는 인식을 하게 되었다. 나도 그랬다. 혹여 자식에게 피해가 될까 봐 함께 작성한 것이 사실이다. 누가 그랬을까, 그 엄마에 그 딸이라고.

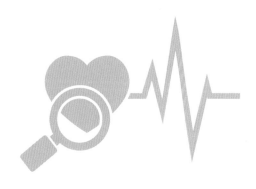

# 무엇을 말하라는 건지

심리상담이 예약되었다는 문자를 전송받았다. 금요일 오후 5시 30분, 10분 정도 늦어질 것 같아 문자를 전송하고 5시 40분이 되어서야 도착했다. 은은한 음악이 흐르고 책장에는 심리상담 책이 즐비하다. 원장님의 이력을 말해주듯 자격증과 논문 책자가 눈에 띈다. 나도 이런 공부를 한 경험이 있기에 조금은 긴장하게 되는 것이 사실이다. 원장님의 차 한잔 권유로 이루어지는 이야기. 나는 말하고 상대는 들어주며 추임새만 해주는 역할을 한다. 나도 많은 사람을 접하는 직업이다 보니 웬만큼은 감정을 읽어낼 줄 안다.

사실 상대방을 속이려고 마음먹으면 얼마든지 가능한 일이다. 그러나 오늘은 딸의 반응도 보고 싶고 나의 반응도 보고 싶어짐이라. 결국, 한 사람의 잣대만 가지고는 상담이 이루어지기 힘들다는 결론이 난다. 원장님은 가족이 함께 상담받기를 권했다. 그래야 상대방의 마음들을 관찰할 수 있다고. 딸이 가지고 있는 아빠에 대한 불신, 또 할아버지에 대한 불신. 깊은 관찰과 대화 없이는 속마음을 들여다볼 수 없음을 알게 되었다. 남편도 피해자고 나도 피해자요, 딸도 피해자처럼 보인다.

내가 말하는 것이 진심이라고, 솔직한 감정이라고 말할 수 있을까. 과연 무엇을 말하라는 건지……. 다음 회를 기대해볼까.

# 성형외과

　'나는 절대로 얼굴에 성형은 안 하고 살 거야'라고 장담하던 시절이 있었다. 젊어서 피부가 좋다는 소리를 듣고 살다 보니 그런 교만한 말을 하고 살았는지 모른다. 남들에 비해 흰 피부, 종기 하나 없는 얼굴. 그러나 50대에 접어들어 자녀들 결혼을 앞두고 보니 관리하지 않고 타고난 피부만 맹신한 나의 얼굴은 주름으로 엉망이 되어버린 지 오래되었음이라.

　이유야 어찌 되었든 성형외과에서 관리를 받자고 제안하는 친구의 말에 겉으로는 싫다고 하면서 '그럼 견적만 받아볼게' 하며 성형외과의 문을 두드리고 있는 나의 모습이 보인다. 가격이 비싸면 할인해 달라고 부탁까지 하면서. 세월은 나이를 속이지 못하게 된다. 지방이 없어지는 피부 주름이 그려지는 얼굴. 절대로 안 하겠다던 말이 무색해질 만큼 성형외과의 출입이 빈번해졌다. 세월의 흔적을 주름이라 말하지만, 지금은 어찌 된 세상인지 얼굴은 돈의 위력이라고 한다.

　어찌 되었건 나는 성형외과의 도움을 받았고 그로 인해 나의 자신감으로 채워지는 것은 사실이다. 이럴 줄 알았으면 진작 피부 관리를 해 둘 것을……

## "어머님 제발."

설이 가까워져 온다. 매번 떡국을 준비하지만 겨우 점심 한 끼만 먹고 모두 싫어하는 경향이 있다. 이번 명절에도 시어머니는 떡국 떡을 해야겠다고 하신다. 나는 극구 반대했다. 냉동고에 남겨진 떡살도 보았고 자녀들도 떡국은 잘 먹지 않는 것을 알고 있기에.

그랬는데도 오늘 외출하고 돌아오니 식탁 위에 가래떡이 상자째 놓여있다. 아마도 시어머니가 보내셨는데 남편도 엄두가 나지 않아 그냥 놔두었나 보다. 펼쳐보니 가래떡과 떡볶이 떡이 한가득하다. 1년은 족히 먹어도 되는 분량이다. 고마워해야 할 시어머니에게 화가 난다. 작은 냉동고가 떡으로 가득 찬다. 장거리 외출로 피곤했지만, 가래떡을 처리하느라 내 손은 분주하다. 이웃들에게 나눌 것은 담고 며느리와 딸에게 전화했다. 필요한 양만큼만 전달하기 위해서다. 모두 받겠다고는 한다. 며느리와 통화하는 내내 전화 뒤편에 아들이 소리친다.

'안 먹어요.'

그랬다, 요즘 시대는 먹거리가 넘치는 시대이다. 그때그때 주문해서 먹는 시대이기 때문에 많은 양의 간식과 음식은 처치 곤란해 골칫거리로 남게 된다. 필요한 양만큼만 조리하는 음식을 좋아한다. 시어머니의 마음을 모르는 것은 아니다. 많은 양을 만들어 나누어 먹는 것이 익숙한 것이다. 그러나 지금은 그렇지 않은 시대임을 인식해야 함이라.

"어머니, 몸도 불편하신데 제발 음식을 조금만 준비하세요. 먹는 것보다 버려질 때가 많아요. 어머니, 감사하지만 조금만 주세요. 제발."

## 나도 엄마와 다를 바 없다

"여보, 이불에서 냄새나지 않아요?"

몇 번이나 들춰내 보이며 남편에게 이불 세탁을 은근히 요구한다. 이번 설에 며느리와 사위가 온다는 연락을 받았다. 하루는 잠을 자고 갈 것이라는 통보를 받았으니 집 안 청소와 침구에 신경이 쓰인다. 옛날, 명절을 앞둔 엄마는 며칠 전부터 집 안팎을 정리하고 이불을 세탁하곤 했다. 이불 냄새가 얼마나 좋았던지 그 냄새가 아직도 기억 속에 남겨져 있다. 그때만 해도 이불 세탁은 연중행사였기에 덩달아 이불 냄새가 더 좋았던 기억이 있다. 지금은 빨래방이나 세탁소가 흔한 시대이니 집에서 이불을 세탁하는 것을 보기 힘들다. 예전에 아파트 베란다에 널려진 이불 때문에 미관상 널지 말라는 방송을 했던 적도 있었다. 이제 그런 광경을 좀처럼 볼 수 없게 되었다.

남편은 신혼 때부터 지금까지 이불을 욕조에 넣고 발로 밟아 세탁하는 수고를 멈추지 않는다. 나 또한 그런 세탁이 좋아 모든 이불을 한꺼번에 내놓고 '기회는 이때다'를 외치며 덩달아 신이 나는 것 같다.

내 엄마도 이랬을 것 같다. 명절이 된다고 손님맞이 준비하시던 모습을 내가 닮았다는 생각이 든다. 그렇게 엄마를 닮아가면서 나 자신이 대단한 줄 교만함으로 살아낸 시간이 부끄러워진다. 나도 별수 없는 엄마라는 생각이 든다. 나도 엄마와 다를 바 없는 인생을 달려내고 있음이라.

# 설 연휴는 전쟁 같은 잔치를 치르는 기간

이번 설에는 먹거리를 간소화하자고 다짐한다. 여느 때와 같이 두 명의 동서들에게 15만 원씩 입금하라는 문자를 전송했다. 45만 원은 명절 경비다. 이번 명절에는 금액을 초과하게 된 것 같지만 그 정도는 내가 더 쓰고 만다. 잘 따라와 주는 동서들에 대한 고마움이며, 나 또한 큰며느리로서 책임감도 없지 않기 때문이다.

명절마다 먹거리는 조금만 준비하자고 외친다. 넘쳐나는 먹거리에 몸살을 앓기 때문이다. 한 번쯤 그냥 지나가도 될 명절. 자녀들이 유난히 많은 우리 가족이기에 먹거리만큼은 차고 넘쳐난다. 때론 이런 명절이라도 없다면 가족들의 얼굴을 볼 수도 없을 것이라는 위기의식도 없지 않다. 점점 대가족은 사라지고 핵가족이 세워지다 보니…….

결혼해서 처음 시댁으로 명절을 지내러 간 딸이 전화했다. '엄마, 우리 시댁은 너무 심심해. 사촌들 얼굴 실컷 보고 싶다.' 앙탈을 부려댄다. 며느리의 무게가 아무리 힘들어도 이런 것이 세상 살아가는 맛 아닌가 하는 생각을 해본다.

그러나 반드시 남자들의 협조가 있어야 모이는 것이 행복할지 모른다. 갈비를 요리하는 남편, 부침개를 하는 남자 조카, 설거지하는 큰아들, 음식물과 쓰레기를 정리하는 삼촌들. 그랬다, 남자들이 자기 할당을 해주는 배려. 그것이 명절의 즐거움을 만들어내는 이유임을 알게 된다. 그것이 참된 명절이다. 한국 남자들이 깨어나야 함이라. 우리 가정은 깨어나 있는 가정이다. 모이는 일이 결코 힘든 일만이 아님을 알게 된다. 전쟁 같지만, 우리 대가족의 잔치는 항상 잘 진행된다.

2장

자녀들아, 이렇게 살아줄 수 있겠니

## 자녀 교육에 대한 내려놓음

먹고살기에 급급했던 1990년대. '아들, 딸 하나만 낳아 잘 키우자' 하던 표어가 남발하던 시기. 그때 아이가 셋. 91년생, 92년생, 93년생. 19평 아파트에서의 삶. 외환위기 후폭풍으로 인해 폐업과 퇴직자들이 한꺼번에 몰려나오고 수많은 실업자가 하루 끼니를 걱정하는 경제 사정의 악화. 우리 가정 또한 예외는 아니었음이라. 마트의 폐업으로 파산에 이르렀고 자녀들을 돌본다는 것은 엄두도 내지 못했던 시간들. 학원 보내는 것은 꿈도 못 꾸고 하루살이 인생답게 하루의 몫만 살아내던 그런 시간들. 옷은 아파트 한편, 재활용 박스에서 열심히 주워와 입혔다. 간식거리가 귀하다 보니 사 달라는 치킨은 사주지 못하고 삶은 닭 한 마리에 양념장 발라 이것이 양념통닭이라 하고. 그런 치킨도 잘 먹어주던 세 자녀가 지금은 올바르게 성장하여 나의 든든한 지원군이 되어준다.

지금 이삿짐센터를 하다 보니 고객 집에 방문하는 경우가 많다. 가정마다 넘치는 장난감과 진열된 수많은 책을 보면서 과연 이것이 온전한 교육 방법인가를 생각해본다. 자녀가 많지 않은 지금의 시대에서 자녀의 교육을 내려놓는다는 것은 경쟁 사회에서 형벌이 될까. 젊은 부모들은 치열한 경쟁으로 살아왔기에 자녀 교육도 인성보다는 주입식 교육으로 이루어져 자녀들 인생에 또 다른 고통이 될까 염려된다. 조금은 자유롭게 여유롭게 기다려줄 줄 아는 인내하는 부모가 되었으면 하는 바람이다.

# 무엇을 인생의 성공이라 말할 수 있을까

많은 부를 누리고 살면 성공이라고 말하는 경우를 흔히 보게 된다. 그러나 돈은 많지만 행복하지 않은 가정도 보게 된다. 그 가정을 면밀히 들여다보면 가정의 붕괴를 보게 되고 자녀들이 불성실한 경우를 보게 된다. 돈보다는 가정의 온전함을 성공이라 말하고 싶다. 시어머니가 가끔 말씀하심이라. 당신 자손들이 온전하게 사는 것을 보며 '내가 무슨 복이 있어 자식들 때문에 걱정 없이 살게 되었나'라고. 그것은 돈이 주는 성공이 아니라는 뜻임이라.

집안 대소사에 함께 즐거워하고 아파하고 관심을 두고 살아내는 삶, 그것이 성공한 삶이 아닐까. 서로 분쟁하지 않고 고마워하고 격려하고 칭찬해주고 이것이 인생의 아름다운 성공일 것이다.

# 싸움도 사랑이 있을 때 가능한 일이라

수없는 부부싸움과 끊임없는 갈등. 이것이 내가 살아낸 가정이었다고 해도 과언이 아니다. 정작 큰일에는 결코 싸움이 일어나지 않았고 매사 사소한 일들이 싸움의 발단이 되었다. 배려라는 것이 없어질 때 싸움은 끊임없이 발생한다. 욕실 안 치약 문제, 수건 사용 등 신혼 때 싸움은 살아왔던 삶의 방식이 다른 탓에 일어난 싸움이다. 좀 더 시간이 흐르면 내면의 사소한 감정들이 분노로 변하고, 증오로 변하는 것이었음이라. 이해와 배려가 사라지고 고맙다, 수고했다 하는 말들의 부재로 점점 감정들은 분노로, 증오로 변해갔다.

사랑받고 싶고 관심받고 싶어 하는 것이 사람이라, 특히 부부는 서로가 인정받고 싶은 욕망이 있음을 기억해야 함이라. 어른들 말이 틀린 말이 아니다. 싸움도 사랑이 있을 때 가능하다고, 사랑이 식으면 관심조차 없어진다고, 그러니 싸울 때가 좋다고. 그러나 싸움이라는 것에 좋은 싸움은 없다고, 싸우며 살아가는 모두가 생각할 것이다. 결혼한 나의 자녀들도 지금은 달달한 신혼에 취해 무조건 좋은 사랑 타령만 할지도 모르지만 살다 보면 분명 싸울 날이 올 것임이라. 그러나 싸움이 일어났을 때 그날 화해하고 서로를 이해하도록 노력하는 습관을 들여야 함이라. 그것이 평생을 함께해야 하는 배우자와의 사랑임을 잊지 말아야 한다. 싸움에도 기술이 필요한 것을 알고 지혜롭게 대처하는 그런 사람이 되길 기도해 본다.

## 무너져 내린 자존감

"대표님은 어디 사세요? 부자시죠?"

항상 듣는 말이다. 19평 아파트를 정리하고 과감히 32평 아파트로 이사를 하게 된다. 내 자본은 고작 2천만 원 정도. 나머지는 대출로 장기간 상환을 약속하고 이사하게 된 집. 실제적으로는 월세를 사는 것이다. 매달 대출금 상환과 관리비를 합하면 족히 70만 원의 고정 지출이 발생한다. 할부로 구입한 사업 차량과 직원들 월급을 감당하기에는 한 달 수입으로는 다소 역부족이었지만 나는 그 삶을 택했다. 그러나 남편의 대리점 사업은 내리막길을 걷게 되었고 영업을 해야 하는 점주인 남편은 오히려 상인들과 대낮에 술 마시고 도박하는 등 무의미한 시간을 보냈고 사업은 파산했다. 이렇게 살다가는 세 아이와 나락으로 떨어질 것 같은 위기감에 두려움이 몰려옴이라. 결국, 내 자존심을 지키기 위해 형편에 맞지 않는 아파트로 이사한 것이 무리가 되었다. 겉치레가 요란했던 내 삶의 순간. 그렇게 무너져 내린 자존감.

아들이 취업해 큰딸 집에 함께 지내게 되었다. 방 한 칸에 부엌이 전부인 공간, 그곳에서 일주일만 살겠다고 선포했는데 빚의 노예가 되지 않으려 결혼할 때까지 이사를 안 했던 아들. 나의 허영에 휩싸인 삶의 순간을 기억하고 있었음이라. 자존심을 세우려 무리하게 구하지 않은 신혼집. 우리보다 아들이 지혜롭고, 정직했다. 그에 불평하지 않는 며느리에게 박수를 보낸다. 허영의 터널을 통과하지 않게 된 자녀들의 삶을 본받고 싶다.

# 내가 해야 할 일을 해야

　시아버지가 뇌출혈로 입원했을 때 시어머니도 심장 질환으로 수술을 하게 됐다. 한꺼번에 두 분 모두 중환자가 되었다.

　나는 맏며느리의 책임이 있다. 두 분 병간호를 힘들어하는 가족들을 보고 내가 하겠다고 자원했다. 시어머니가 퇴원하면서 한 달 이상 시댁에서 함께 살게 되었다. 지금 돌이켜보면 그 시간이 복이었음을 느끼게 된다. 신혼 시절 3년 정도 같이 살았을 때는 힘들고 지쳐서 분가할 날만을 기다렸는데 자원한 마음이 컸기 때문일까, 시부모님과 더 가까운 가족이라는 생각이 생겼음이라. 내가 비록 한 것은 없지만 내가 해야 할 도리를 다했다는 성취감도 있음이라. 자녀들도 이렇게 자기 임무를 다해줬으면 좋겠다는 생각이 든다. 뭐든 마음 내키는 대로가 아니라 가족의 구성원으로서 무엇인가 맡은 바를 제대로 했을 때 가족이라는 끈끈한 유대감과 형제간의 우애가 깊어진다는 사실을 알 수 있었음이라.

　내 생일을 시작으로 시아버지, 또 남편과 시어머니의 생일이 일주일이 멀다 하고 연달아 이어진다. 특히 시아버지는 돌아오는 생일이 팔순이기에 당신 손주들도 함께 참석하게 되었다. 생일잔치에 오는 길, 주말 교통체증에 심히 짜증이 났나 보다. 한 통의 카톡이 온다. '힘들어 뒤질랜드, 지친다 서산. 너무 멀다.'

　다음 주에는 오기 싫다는 뜻임을 나는 벌써 알고 있다. 그래도 자녀들이 자녀들로서 해야 할 임무가 있음이라. 따뜻한 전화 한 통 문자 한 통, 절대로 잊지 말라고 당부한다. 해야 할 자기 몫을 하는 것, 그것은 가족이라도 예외가 없는 듯하다.

# 마음껏 베푸는 자가 되어보아라

베풀다 보면 내가 손해 본다고 생각하는 사람을 자주 접하게 된다. 이득을 따지니 그렇지 않나 하는 생각을 해본다. 내가 주니 당연히 받아야 한다는 생각.

복도식 아파트에 살 때 나는 청소부 아주머니를 내 엄마 대하듯 했다. 여름이면 음료수 대접은 물론이요 점심시간이면 쉬시라고 거실을 내주었다. 내 엄마도 같은 아파트에서 청소하니 더욱 그랬는지도 모른다. 어느 날 자금 융통이 원활하지 않아 사업을 포기해야 하는 위기가 닥쳤다. 그때 손을 벌린 것도 아닌데 나에게 현금 1억 원을 융통해 준 사람이 청소부 아주머니였다. 물 한 잔의 대접이 몇 배의 보답으로 돌아왔다. 지금도 1억 원의 가치가 상당한데 20년 전 일이니, 그때의 1억 원은 상상을 초월한 금액이었다. 분명 그분의 전 재산이었음이라. 내가 친정엄마에게 한 하소연을 듣게 된 청소부 아주머니, 다음날 돈을 내어주었고 바로 자금 사정이 해결된 기적 같은 일이었다. 지금도 그 아주머니와 친한 엄마. 나 또한 친정엄마 대하듯 한다.

신은 베푸는 자의 손을 기억하심이라. 지금도 그 기억이 떠올라 사업을 하면서 많은 가전과 가구 제품들을 기부한다. 더 많은 사람에게 필요한 물품을 기부하며 마음껏 베풀어보고 싶다. 나의 자녀들도 인색하게 살지 말고 기부하고 베푸는 삶의 현장으로 들어가 보라 말하고 싶다. 마음만 가지는 것이 아니라 반드시 행동이 함께하는 삶이 일상이 되기를 기도한다.

## 하루를 기록하는 삶의 일기를 써보자

책을 접할 시간이 많지 않았다. 글을 쓴다는 건 더더욱 힘들었다. 그러나 내가 힘들고 지쳐 넘어지는 위기 속에 우연히 시작한 블로그는 나의 존재를 다시금 일으켜 세워주기에 부족함이 없었다. 나름 토해 내야 하는 분노가 있고 슬픔이 있다. 그것은 배우자도 자녀도 부모도 대신 감당할 수 없는 나의 처절한 울음이었다. 경제적 파산으로 부도의 위기 속에서 나를 붙잡아 준 건 하루를 적어 내려간 일기였다고 해도 과언이 아니다. 얼마만큼 긴 시간을 기록해야 할지 모르겠지만 반드시 끝은 오리라 의심치 않고 기록한 글들. 칭찬의 글, 위로의 글들이 나를 다시 세운다는 생각이 들었다. 지금도 가끔 열어보는 블로그의 일기장. 어찌 그리 처절했는지, 어찌 그리 황당했는지. 내가 살아낸 시간이 빛바랜 사진처럼 다시 다가온다. 그렇게 인생의 시간들이 다시금 들여다보여 짐이라. 다시 돌아가고 싶지 않은 시간. 그것이 지금 나의 거울이 됨이라. 누군가에게 의지하지 말고 스스로 거울을 찾아봐야 한다.

몇 년을 더 기록할지 모르는 삶의 일기는 나를 자라게 하는 양분이 됨을 알게 될 것이다. 지금은 아니지만, 삶이 다하는 그 날, 자녀들에게 남기는 유언이 되지 않을까. 그 옛날 너희 엄마는 이렇게 살아냈노라고.

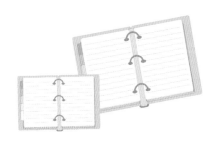

## 외박하는 딸

"오늘은 친구네에서 자고 가요. 내일은 인천 친구 집으로 가요."

딸의 외박이다.

간호사라는 직업을 가진 딸은 다 큰 성인이다. 때문에 외박도 본인의 자유일 터. 그럼에도 딸이 외박할 때마다 남편은 치솟는 분노를 어찌할 바를 몰라 나에게 큰소리친다. 딸 교육을 어찌 그리 시켰느냐고. 그러면 나도 질세라 나이가 육십이 다 되어가는 당신도 툭하면 외박하지 않느냐고 큰소리친다. 남편은 말문이 막힐 수밖에 없다. 친구들과 술자리가 길어질 때는 하루가 멀다고 외박했고, 다음날 일에 지장을 준 경우도 허다했기 때문이다. 특히 젊은 시절에는 그런 삶의 연속이었다. 직원들과 사무실에서 어울려 술로 밤을 새우고 아침이면 귀가해 저녁까지 널브러져 잠자던 남편의 모습이 아직도 생생하다. 술이 술을 먹고 내일을 잃어버렸던 나날들. 그러니 당연히 남편의 모든 말과 행동을 불신하게 되는 계기가 되었음이라.

사실 딸과 남편은 닮은 점이 너무 많다, 술 먹는 일, 잠을 좋아하는 일. 그러다 보니 남편은 본인과 비슷한 딸의 모습에 걱정과 염려가 큰가 보다. 그러나 나는 딸의 모든 삶을 존중한다. 직장 생활의 성실함과 자기 절제를 알기에 멋있다고 생각한다. 이유 있는 외박.

나는 지금 50대 중반의 삶을 산다. 외박하고 싶어도 찾아갈 친구가 없다. 친구들이 꾸리고 있는 가정에 피해를 줄까 봐 조심스럽기 때문이다. 젊을 때 즐길 줄 아는 용기 있는 외박에 박수를 보낸다. 책임질 줄 아는 외박을 누가 뭐라 하겠는가. 마음대로 즐겨보라, 즐거운 청춘의 시간을. 딸도 방종과 무절제는 안 된다는 것쯤은 알고 있겠지. 딸아, 믿는다. 나는 못 해봤던 일상을 즐기는 딸이 부럽다.

## 기대치

누구에게나 기대치가 있다. 부모나 자녀에게, 특히 자녀에게는 더욱 크게 다가옴이라. 나는 우리 아이들이 잘 생기거나 예쁘지 않다고 생각한다. 그러나 시부모님은 손주, 손녀 인물 칭찬을 입이 닳도록 하신다. 그러면서 종종 하시는 말 '그놈 참 똑똑해, 뭔가 될 놈이여'. 뭐가 된다는 것인지, 내가 보면 아무것도 없는데.

젊은 부부가 아이들을 키우는 과정을 담은 TV 프로그램을 시청하다 보면 모두 다 천재 같다는 생각이 든다. 그런 아이들에 대한 기대치는 얼마나 높아질까. 갑자기 결혼한 자녀들의 자녀들이 걱정된다. 얼마나 높은 기대치를 가지고 그들을 닦달할까 하는 생각이 든다. 나는 어땠을까. 연년생으로 셋이나 둔 엄마로서 자녀들에게 바란 건 고작 건강하게 잘 자라는 일, 그리고 하고 싶은 일을 하고 사는 것, 이외에는 없었다고 해도 과언이 아니다. 부모로서 특별히 무언가를 해준 기억이 없기 때문이다.

입학, 졸업식 참석은 당연히 불가능했고 소풍도 함께 하지 못한 기억. 그리고 고3 때에는 대학 진학 걱정조차 함께 한 기억이 없다. 밤을 새워 공부하는 딸에게 오히려 내일 늦잠 자면 지각한다고 빨리 자라고 불을 껐던 일밖에. 그러니 나에게 무슨 기대치가 있었을까. 그러나 아무리 사소한 일이라도 본인이 좋아하는 직업을 택하라고 권면했던 기억은 있다. 그 결과 우리 자녀들은 자기가 원하는 직업을 가지게 됐다. 각자의 직업에 대한 자부심이 대단하다. 부모의 기대에 휘둘리는 것이 아닌 스스로 마음껏 미래를 꿈꿀 수 있는 자유가 있는 삶을 살기를 바람이라. 제발 부모들이여, 자녀들을 닦달하지 말라.

## 주부 9단이 되어버린 아들

　아들 내외의 신혼집과 직장은 10분 거리도 안 된다. 그래서 아침이면 늦잠을 자도 되고, 운동도 하면서 출퇴근할 수 있는 시간적인 부담이 없는 곳이기에 좋았다. 그런데 며느리가 다른 곳으로 발령 났다는 연락을 받았다. 한 달이 지난 지금, 아들과 통화를 하다 보면 세탁기 돌아가는 소리와 청소기 돌아가는 소리가 함께한다. 저녁 식사 준비까지 하는 듯했다. 집에서는 꼼짝도 안 했던 아들 녀석이 대견기도 하고 한편으로는 안쓰럽기도 하지만 멀어진 직장 탓에 이른 아침에 일어나 서둘러 출근하고 늦은 시간 퇴근해 돌아올 며느리는 오죽하겠는가.

　신혼 때는 아름다운 미래만을 꿈꾸며 꽃길만 걸으리라는 환상을 갖는다. 그러나 예고 없이 불어 닥치는 마음을 다치는 일, 건강을 잃어버리는 일, 또 금전적인 문제들. 결혼은 해도 후회, 안 해도 후회라는 말이 있듯이 조금씩 불편을 감수하고 감내해야 하는 일임이다. 남자가 해야 할 일과 여자가 해야 할 일의 구분보다는 힘닿는 데까지 서로 도와주고 헌신해야 하는 일이 제 몫이라는 사실을 알아야 함이라.

　오늘 끙끙대며 집안일을 하며 아내를 기다리는 아들이 안쓰러워 보이는 것이 아니라 멋있다고 생각한다. 그렇게 배려라는 사랑이 있는 가정은 험난한 길도 거뜬히 걸어갈 수 있다고 믿어본다.

## 자기 눈에 안경을 끼고 사는 며느리가 부럽다

'네 눈에 안경이다.'라고 며느리에게 말하자,
'제 눈에 맞는 안경이라 평생을 벗지 않을래요.'라고 대답한다.

내심 부러웠다. 그렇게 달달하게 살아 봤으면 좋겠다는 생각이 든다. 나도 그런 시간이 있었지만 그리 달달하지 않았다. 뭐가 그리 다툴 것이 많았는지 툭하면 싸웠던 기억밖에 없으니. 남편은 친구들과 어울려 놀기를 좋아했다. 그러다 보니 가정보다는 밖에 충실했다. 가뜩이나 도시에서 시골로 시집온 새댁이 누굴 의지한단 말인가. 그것도 시댁에서 살고 있었으니. 제 눈에 안경이 될 시간이 없었다고 할까.

한 집 건너 친인척이 살고 있으니 시댁엔 항상 손님이 찾아왔고, 나에겐 정말 힘들었던 시간이었다. 분가하지 않는 남편이 곱게 보일 리 없고 매사에 투정과 불만으로 일관했다. 심한 우울증으로 울기도 많이 울었던 그런 시간을 보냈던 신혼이었다. 그러니 며느리가 더 부러워 보일 수도.

그 눈에 안경이 제발 그대로 있길 바란다. 나이 오십이 지나서도 '제 눈에 맞는 안경 벗지 않을래요.' 이렇게 외치는 며느리의 모습을 상상해본다.

## 올케언니 선물을 산다고

"엄마, 언니 선물로 무엇이 좋을까?"

크리스마스가 다가올 때 내 딸의 질문이다. 내 것도 아니고 언니 선물? 얼마 전 결혼한 오빠네 가족에게 선물을 하고 싶은 모양이다. 조금은 비싼 브랜드의 머플러를 선물하고 싶다면서 새언니랑 밥을 먹겠다 한다. 내심 고맙다. 결혼한 지 얼마 안 되어 낯설기도 하니 함께 식사하면 서먹함도 없어지고 가족 간의 화합도 도모하게 될 것이니. 나도 별수 없는 부모다. 자녀들이 함께 단란하게 지내는 것이 그리 보기 좋을 수가 없다. 크리스마스에 우리에게 와 주는 자녀들보다 자녀들끼리 함께 즐기는 단합이 좋게 보이니 말이다. 함께 참석하지 않아도 배부르고, 나에게 선물이 오지 않아도 서로가 선물을 주고받는 모습이 보기 좋다. 그런 서로에 대한 배려가 오래 지속되기를 간절히 기도해 본다.

사실 나는 동생들과 그리 좋은 관계가 아니다. 사업 투자 시기에 부딪히게 되었고 그때의 상처들이 잊히지 않고 앙금으로 남아있기 때문이다. 그래도 지금은 서로 내려놓음으로 관계가 많이 좋아지기는 했지만, 여전히 함께 식사하고 선물을 주고받을 정도로 관계가 회복되지는 못하고 있음이라. 나도 언젠가는 올케들에게 선물을 전하고 싶다. 나의 마음 '동생들과 잘 살아 내주어 고맙다, 사랑한다.'고 손편지까지 선물 속에 넣어서.

## 엄마 아빠 닮지 않기

'난 엄마 같은 인생은 절대로 살지 않아.' 궁색한 삶을 사는 엄마가 싫어서 외치는 한마디가 엄마의 심장을 아리게 만든다. '누가 이렇게 살고 싶어 사는지 아니.'. 그랬다, 적어도 나는 엄마처럼 살지 않겠노라고 맹세하고 살았다. 적어도 나는 지지리 궁상떨지 않고 살 거라고 생각했다. 그랬던 내가 엄마 나이를 지나고 있다. 과연 어떻게 살고 있는가.

'난 아빠처럼은 살고 싶지 않아.' 아들이 외친다. 그랬다, 적어도 아빠의 삶은 닮지 않고 있다. 자기 일에 정확하고 가정을 잘 이끌어 나가고 또한 경제 관념이 뚜렷하고 정확한 것이 안심된다. 제 부모의 무엇을 닮지 않겠다고 아우성치는지를 나는 잘 알고 있다. 그러나 인생이 과연 그럴까. 살다 보면 부딪히고 몸살도 앓고 가슴앓이도 한다고, 그런 것이 인생이라는 것을 지금은 잘 알지 못하고 있는 것임이라. 부모의 인생을 닮지 않겠노라고 소리치는 자녀들도 겪어내 온 세월이 순탄치 않았다는 것을 알기에 그 길을 비켜 가길 원함이라. 그러기 위해서는 주어진 환경에서 배려와 사랑의 가치에 중점을 두고 살아가야 한다는 것을 배워야 함이라.

나는 적어도 엄마 아빠처럼 살지는 않았다고 생각했다. 하지만 그 어떤 인생의 길도 만만치 않다는 것을 지금의 나이가 되어서야 알게 됨이라. 자녀들아, 천천히 살아다오. 엄마 아빠의 인생을 건너서 너희 인생을 아름답게 걸어보렴.

## 카페에 올라온 댓글들을 보면서

며느리들에 대한 시어머니의 반응을 담은 글들이 엄마들 모임 '카페'에 올라온다. 우리 아들 내외 또래 며느리들의 이야기들.

'감기 걸리셔서 왜 오셨냐.'

'아침 밥상을 꼭 받아야 하느냐.'

'아기한테 왜 뽀뽀하느냐.'

감기 걸린 시어머니의 방문이 못마땅하고 아기가 옮을까 노심초사하는 젊은 며느리들이 쏟아내는 이야기가 모두 틀린 말은 아니라는 생각이 드는데 읽을수록 모든 시어머니가 좀비 같다는 생각이 든다. 손주가 예뻐서 마음이 앞서가니 조심한다고 해도 서투른 행동을 하게 되는 것 같다는 생각도 들고 눈치 없는 시어머니에게 화가 나기도 한다. 뭐 하러 자식 눈칫밥을 먹으면서까지 손주 보려고 가시나. 요즘 흔한 동영상 보여 달라고 하며 마음 달래지.

나도 그럴까. 손주가 아직은 없지만, 나의 미래를 보는 것 같아 마음 한편이 뻥 뚫리는 느낌이다. 나는 그러지 말아야지 하면서도 친구들을 보면 제어가 안 된다고 한다. 예뻐서 자주 보고 싶다고. 카페에 올라오는 댓글의 젊은 엄마들이 나의 며느리라고 믿고 싶지는 않지만, 그것이 현실이라면 수긍해야 함이라. 그러니 더욱 조심해야 함이라. 요즘은 며느리가 조심해야 하는 시대가 아니라 시어머니가 조심해야 하는 시대인 듯하다. 그러나 가족이란 조심하기보다는 서로 이해하고 배려하는 사랑의 관계가 되어야 하지 않을까.

며느리야, 불편하다면 불편하다고 서운하다면 서운하다고 시원하게 말해주지 않으렴. 인터넷의 댓글 같은 것으로 속마음을 터놓지 말고 말이야.

# 한 보따리 옷 장사

연말이 되니 큰딸이 서울 나들이를 간다. 연말 상여금으로 두둑한 지갑을 들고서. 1박을 마치고 돌아오는 두 손에는 쇼핑백이 가득 넘친다. 마음껏 호기를 부렸나 보다. 참으로 부럽기도 하다. 예전의 나와는 삶이 완연히 다르다. 그때는 상여금을 타면 부모님 선물을 사드리고 동생들 뒷바라지를 해야 한다는 생각이 가득했었는데 지금은 본인이 사용할 곳에 우선 지출하는 일이 당연한 듯하다.

딸은 다른 사람들은 명품을 사는데 본인은 백화점 세일 품목을 샀다고 자랑삼아 너스레를 떨면서 구입한 옷들을 입어보기 시작한다. 체형이 비슷한 나도 옆에서 덩달아 입어보고 나에게 어울릴까 하는 생각을 해봄이라. 비록 그 옷을 입지는 않을지라도 패션쇼에 한몫하니 덩달아 즐거움이 배가된다.

월급으로 스스럼없이 자기를 위해 투자하는 모습이 솔직히 부러웠다. 한편으로는 본인만을 위해서 사용되는 물질에 대해 안타까움이 있다. 조금은 주위도 돌아보고 연말에 기부할 곳도 찾아보고 좀 더 알찬 모습으로 살아내었으면 좋겠다는 생각이 든다. 지금 엄마가 하는 이런 말들도 잘못되었다고 지적하겠지. 그러나 주위를 둘러보라고 하고 싶다.

삶은 혼자만 살 수 없는데 자신만 생각하는 이기적인 모습을 보이는 세대. 명품이 나를 대변해 줄 것이라는 환상 속에 사는 도시의 젊은이들. 한 보따리의 옷은 저렴했지만, 생각까지 저렴하지 않은 내 딸이 되길 소원해 본다.

## 아들과 며느리가 온다고

카톡 가족 대화방에 아들의 일방적인 글이 올라와 있다.

'토요일에 집에 갑니다. 저녁 식사라도 하지요. 밥 먹고 바로 올라감.'

얼마 전 새해에 뭐 할 거냐는 질문에 '바쁩니다.'로 일관하던 아들의 심리가 변한 이유가 무엇일까. 1월 1일이 휴무이니 아무래도 주말 일정 사이에 징검다리 휴가를 잡은 것이 아닐까 생각해본다.

사실 답도 주지 않은 상태지만 남편은 좋은지 마냥 표정이 좋아 보인다. 주말에 오게 되면 집에서 밥을 해 먹어야겠다는 생각이 든다. 다음에는 외식할지라도 며느리가 가족으로 오게 되니 집밥도 필요하다는 생각을 하게 됨이라. 내 집에서 집밥을 조촐하게 먹고 싶은 생각이 든 것이다. 엄마의 밥상이 무엇인지 함께 준비하면서 정도 쌓아가고 실수도 하면 돕고, 이런 것이 가족이 아닐까. 사실 나도 준비하려면 귀찮다. 우리 식사도 제대로 준비하지 않는데. 그러나 나는 '식구'임을 알게 해주어야 한다고 생각한다. 그러자, 밥도 하고 찌개도 하고 나물도 만들어 보자.

"아들, 걱정하지 말게. 밥만 먹고 다른 일은 시키지 않을 테니 바로 올라가 주렴. 나도 그것이 편하다네. 우리에게 얼굴 보이는 것을 선심 쓰듯 하지 마시게나. 그 마음도 못 알아챌 정도로 바보는 아니라오."

# 돈이 일을 시킨다

간호사인 딸이 미국으로 떠나기 전까지 병동에서 근무해보고 싶다고 야간근무를 택했다. 저녁 11시 출근이 제일 힘든 것 같다. 낮에 아무리 잠을 자도 깊은 잠을 못 자니 마음이 짠할 때도 있다. 아들이 첫 직장에서 주야간 근무는 안 하겠다고 사표를 던진 일이 이해된다. 새벽 4시쯤 환자 상태를 돌아보기 위해 병실을 방문했을 때 90세의 할머니 한 분이 '쯧쯧, 모두 돈 때문이여'라며 안타까워했다고 한다.

그랬다, 어찌 보면 돈이 일을 시키는지도 모른다. 또 한편으로는 이런 간호사들이 있어야 위급한 환자를 돌볼 수 있다고 생각한다. 모두가 돈 때문에 일을 하지는 않겠지만 어쩌면 주야간 근무를 자청하는 일도 많은 급료 때문에 주어지는 환경을 택하는 걸지도 모른다는 생각이 든다.

나 또한 야간근무한 적이 많았다. 솔직히 높은 '수가'의 수익 때문에 택한 일이다. 돈이 일을 시킨다고 해도 과언이 아님이라. 평생을 돈을 따라 살아왔고 그 결과 돈이 나에게 끊임없이 일을 시켜대는지도 모른다. 그러나 나의 자녀들은 그러지 않기를 바라본다. 돈의 노예가 아닌 돈을 종으로 부릴 줄 아는 현명한 사람으로 거듭나주길 바라본다.

# 결혼한 아들에게 전화도 못 하나

아들의 전화를 수시로 받은 적이 있다. 아들과 채무 관계가 됐을 때였다. 아침저녁으로 울려대는 벨소리는 나의 온 신경을 건드렸다. 세입자가 갑자기 이사 소식을 통보하여 다음 입주자를 구했는데, 이사 바로 전날 집이 낡았다는 이유로 계약금도 포기하면서 이사를 오지 않게 된 적이 있었다. 그때 아들에게 이사 가는 세입자에게 돌려주어야 할 보증금 4천만 원을 차용하게 되었음이라. 부동산 경기 침체로 새로운 세입자는 구해지지 않고, 몇 달이 지나자 마음이 조급한 아들은 하루가 멀다 하고 상환을 독촉했다. 사채업자와 흡사하다는 생각이 들었다. 그래도 마음 한편으로는 얼마나 고마운지 누가 그렇게 쉽게 나의 힘든 형편을 알아서 응대해주었을까 싶다. 그렇게 오는 전화가 싫지만은 않았음이라.

그 후 부채가 없어진 이유도 있지만 결혼한 아들에게서는 전화가 오지 않는다. 특별히 기다리는 것은 아니지만 예전 같지 않은 느낌이 낯설기만 하다. '지금 뭐 하니' 하고 묻게 되면 함께 있을 며느리에게 신경 쓰이는 것이 사실이다. 방해하고 싶지 않다는 생각이 들기 때문이다. 그래서 결혼한 자녀는 어렵다고 어른들이 말하나 보다. 그러나 그런 배려가 더 많아지면 아들과의 관계는 어떻게 될까 하는 의문도 생겨난다.

오늘도 묻고 싶은 말이 있는데 포기했다. 전화를 걸어 용건을 묻자 '명절에 갈게요.' 그 한마디가 전부이다. '식사는 하셨어요? 어떻게 지내세요?' 이런 안부 인사조차 하지 않는 아들의 매몰참이 오늘따라 남 같다는 생각이 든다. 나도 생각해봐야 한다. 자식은 결혼하면 출가외인인데 혹시 내 마음 한편에 떠나보내지 않고 아들을 남겨둔 것은 아닐까.

3장

부부로 살면서 산전수전 공중전
다 겪었으면서도 또다시 도전

## 이혼해야겠다고 수십 번을 생각했지만

자녀들이 초등학교를 졸업하면, 아니 고등학교를, 아니 대학교를, 아니 취업하면…….

얼마나 많은 시간을 기다리면서 이혼하길 원했는지 모른다. 신혼의 단꿈을 꾸던 시절, 별천지 같은 세상이 나를 유혹해도 사랑 하나면 모든 것이 용서되던 때도 있었다. 그러나 배우자에게 실망하고 실망시키고의 반복. 그럴 때마다 곱씹으며 내뱉었던 말, 이번엔 이혼해야지. 그렇게 살아낸 시간이 30년. 이때쯤이면 될 것 같지만 또 다른 일이 연결되고 차일피일 미루게 되는 일상 속에서 나 자신을 다시 배워가게 된다. 아, 나도 잘못했구나. 배우자에게 쓴소리로 던진 말이 상처가 됐고, 또 그 상처가 다시 부메랑으로 돌아오고….

그렇게 반복되는 시간 속에서 이혼만을 꿈꿔왔던 시간. 내면의 모습을 보지 못했던 서로의 문제였음이 왜 이제야 깨달아질까. 나이를 먹어간다는 걸까.

아니다, 그건 분명 아니다. 나를 되돌아보는 시간이 주어졌음이라. 자녀들이 성장해 시간적 여유가 생기면서 인생의 깊이를 알아가면서, 그렇게.

자녀들에게 말해주고 싶다. 이혼을 꿈꾸기 전에 상대방을 들여다보라고. 또 나 자신을 들여다볼 줄 아는 용기를 가진 내면의 자아를 키워내 보라고.

## 미리 걱정하는 불신의 말들은 듣는 사람까지 힘들게 한다

딩동. 출근길 아침에 문자가 울리면 남편은 뭐라 할 것 없이 '오늘 누가 안 나온다는 문자구나, 에이 씨.'. 사업을 하면서 평생을 들었던 말이다. 듣는 나는 벌써 남편을 무시하게 된다. '저러니 지금까지 온전하게 못 살지' 하는 푸념이다. 사실을 알고 보면 그렇지 않을 때가 허다하기 때문이다. 모든 것에 부정적인 말이 앞서는 남편이 곱게 보이지 않게 된다. 말이 씨가 된다는 말이 괜히 있는 게 아니다. 긍정의 말이 앞서간다면 하루의 시작이 얼마나 행복할까.

나는 출근하지 못한다는 직원의 연락이 있더라도 일을 취소한 적이 없었다. 사람을 대체할 수 있는 능력이 있기 때문이다. 우리의 삶이 긍정으로 살아도 매번 스트레스로 일관되는데 사기가 떨어지는 말을 앞세울 필요는 없지 않을까.

자녀들아, 특별히 아침에는 어렵다는 말보다는 직장이 있어 행복하고, 나를 필요로 하는 곳이 있어 행복하다고 외치며 하루를 시작해보면 어떨까. 어차피 주어진 하루의 시간이, 이왕이면 행복하게 말이야.

# 자연인으로 살겠다고

　남편이 사업을 접으면 자연인으로 살겠다며 산속에 2천 평의 땅을 구입하겠다고 한다. 그런 꿈을 안고 작년에는 고추 농사를 시작했다. 2천 개의 묘목을 심었다고 자랑했다. 그렇게 매번 물을 주고 풀을 뽑아내고, 그 여름은 얼마나 더위가 심했는지 대낮이면 죽을 지경이었음이라. 우리는 더웠어도 덕분에 고추 농사는 대풍을 맞이했다. 얼마나 주렁주렁 열렸는지 혼자 추수할 엄두가 나지 않아 근처에 사는 시누와 시동생들까지 함께 감당해내야 하는 수고가 있었다. 매일같이 고추 따는 일에 전념했다. 수확량이 많아지니 판로가 걱정되었다. 내가 나서지 않는다면 판로를 개척할 수가 없어 미리 지인들에게 연락해 놓았다. 사실 반강제라도 팔 수밖에 없는 상황. 그렇게 고추를 건조기에 말리고 상품으로 만들어 놓고 약속한 지인들에게 판매하려니 남편이 돌연 안 팔겠다고 한다. 고추 가격이 더 오를 것 같다고. 구입하겠다는 지인들에게 미안하다고 하면서 고추 판매에는 신경을 쓰지 않기로 마음먹었다. 그러나 판매할 시기를 놓치자 판로가 없어진 남편이 다시 팔아달라고 한다. 기가 막힌다. 정작 좋은 가격에는 못 팔고 가격이 내려갈 때쯤 팔게 되었고 그렇게 팔았어도 상당한 물량이 재고로 남아 2년은 족히 먹어도 될 만큼의 양이 냉동고에 보관되었다.

　아무 욕심 없이 혼자 먹고사는 것으로만 마쳐지는 인생이라면 자연인으로 사는 것을 만류하지 않겠지만 2천 평의 땅에 거름을 주고 곡식을 심고 거두는, 판로도 없는 농사를 지으려면 때려치우라 권하고 싶다. 무엇이든 계획이 있어야 함이라. 우리가 자연인이라 불릴 수 있을 만큼의 마음의 여유가 있을까. 혼자 살아간다는 것은 결코 쉬운 일이 아님을 기억하고 또 기억해야 한다.

# 카톡 방에 며느리를 초대한다고?

'소희를 카톡방에 초대해'

어느 날 남편이 카톡 메시지를 보내왔다. 소희는 며느리의 이름이다. 남편과 나, 자녀 셋을 포함해 5명이 카톡방에 묶여있다. 남편은 그 카톡방에 며느리를 초대하라고 성화다. 어불성설이다. 남편의 가족 카톡방도 열려있다는 것을 알고 있지만, 그곳에 나를 포함한 며느리들은 초대되지 않고 있음이라. 마찬가지로 사위들도 초대되어 있지 않음이라. 서로 다른 환경에서 살아온 며느리를 카톡방에 초대한다는 것은 서로에게 조심해야 함이라.

며느리를 딸로 생각한다는 시어머니들이 많다. 그러나 며느리는 딸같이 대하면 상처가 많아짐이라. 딸에게는 실수해도 관계를 회복할 수 있다. 상처를 수습할 수 있다. 며느리와의 관계에서는 그렇지 않기 때문이다.

며칠 전 아버님의 생신에 대하여 남편이 시누와 통화하는 내용을 듣게 되었다. 내가 생신에 대한 부담감이 시누들보다는 더할 것이다. 그런데 '아무 준비도 안 하고 며느리가 뭐 하는 것이냐'라는 핀잔에 마음이 불편했다. 딸보다 며느리가 심적 부담이 더 크다는 사실을 알고 있다면 그런 말을 쉽게 내뱉을까. 지금도 귓전에 남은 한마디.

"큰며느리는 뭐 하는지 몰라."

그런 험담은 가족 카톡방에서 몰래 하고 지워버리세요. 듣지도 보지도 못하게. 그것이 완전한 카톡방이라는 사실을 알게 함이라. 그래서 나는 카톡에 이렇게 남겨놓았다. '며느리는 초대하지 않겠습니다.' 정중하게 거절했다.

# 과거형 인간이 되지 말자

남편이 10년도 더 지난 TV 드라마를 보고 또 본다. 유튜브로도 한참 지난 실미도, 삼청교육대 등 과거를 다룬 영상을 즐겨본다. 미래보다 매번 지나간, 과거로의 여행. 나하고는 성향이 다르다. 나는 미래형이라 말할 수 있다. 꿈을 꾸어도 내일의 일을 계획하고, 책을 읽어도 텔레비전을 시청해도 지금 핫한 드라마를 보게 된다. 과거는 과거라는 생각이 들기 때문이다. 과거가 발목을 붙드는 경우가 허다하다. 끊임없이 다툼이 이어질 때는 과거를 거론했기 때문이다.

나 또한 상처받은 과거에 넘어진 경우가 허다하다. 고객과의 분쟁 때도 나는 녹음하는 경우가 많다. 그리고 내 상처가 올라오면 녹음된 내용을 곱씹을 때가 많다. 이때는 이랬는데 접때는 저랬는데. 사소한 싸움이 나를 우울하게 만들 때가 있다. 사실 과거의 드라마를 시청하는 것이나 옛 기억을 떠올리는 녹취의 내용을 듣는 것이나, 어찌 보면 매한가지인데도, 나는 정당하다며 상대방만 비난하는 내가 바보스럽다. 그러나 지나친 과거형으로 돌입하면 안 된다는 생각이 든다. 과거는 추억이 되어야 하지 않을까. 과거에 집착하면 또 다른 고립으로 다가올지 모른다고 생각한다. 미래를 생각하는 일도 연습 돼야 함이라.

자녀들이 자꾸만 과거를 회상하며 그때가 좋았더라고 외친다면 부모의 마음은 어떠할까. 적어도 젊은이라면 미래의 꿈과 비전을 가질 줄 아는 미래형 인간이 되길 바라본다.

## 친정과 시댁의 차이

무엇을 하든 시댁에서 일하면 눈치 보는 일이 없다. 무엇인가 더한다고 해도 남편은 만류하지 않는다. 모든 행사가 그랬다. 며칠씩 잠을 자고 와도 좋다고 한다. 그러나 친정에서는 하루만 자고 오려 해도 가까운데 굳이 잠을 자느냐고 한마디 던진다. 왠지 불편하다. 왜 그럴까. 속담에 '아내가 예쁘면 처갓집 말뚝에도 절을 한다' 했단다. 그러면 결과적으로 내가 예쁘지 않다는 것인가.

지금은 많은 것들이 바뀌어 시댁과 친정 구분이 없어졌다고 한다. 친정과 시댁을 지칭하는 단어조차도 균형을 맞춰 친가와 시가로 부른다지. 하지만 아직도 시댁에 대한 더 많은 배려를 하길 원하는 남편들이 많다. 서로의 가정에서 아들과 딸이 만나 온전한 가정을 이루었다면 평등하게 친정과 시댁을 여겨야 한다고 생각한다.

그러나 아직도 '누구의 자녀'에서 떠나지 못한 마음이 크기 때문은 아닐까. 특히 우리나라는 유교적 사상의 영향이 많은 나라이다 보니 본인도 모르게 답습된 문화를 살고 있다. 나의 남편도 마찬가지라 항상 편중된 시부모에게 치우치는 생활의 현장을 보게 됨이라.

나의 자녀들은 어떨까. 친정과 시댁 사이에서 갈등하는 그런 일들이 생겨나지 않기를 원함이라. 나 또한 시댁이라는 명분으로, 친정이라는 명분으로 부당한 것을 요구하지 않으려 조심하려 한다.

## 부부는 닮는다더니

시부모의 성향은 완전히 다르다. 그러나 언제부터인가 내가 내뱉는 말 "어쩌면 두 분이 똑같으신지 몰라, 그러니 한평생을 함께 사시지."

그 말이 진실이 되어 간다. 서로 아웅다웅 싸운다. 그러면서도 곁에 없으면 안 되는 존재 같은 느낌. 60년 이상을 살아온 부부는 본인도 모르게 닮아가고, 서로 닮은꼴이 된다는 것을 많은 경험 속에서 매번 느낀다.

음식도 취향도 목표도 전혀 다른 우리 부부. 부부는 다르게 만나야 잘 산다고, 또 그래야 부족한 것을 보완하며 살 수 있다던 말들이, 위로라기보다는 그저 오래 살면서 닮아가기 때문에 주어지는 말은 아닐지.

내 자녀들 역시 우리 부부에게 '엄마 아빠는 똑같아'라고 말한다. 싫은 것 같지만 싫지 않은 말. 나도 30년 넘게 함께 살다 보니 닮은꼴이 되어가는지도 모를 일이다. 하지만 좋은 습관보다는 안 좋은 습관을 닮아간다는 사실이 마음에 걸린다. 이제부터라도 좋은 습관으로 닮은꼴이 되어봐야 하지 않을까. 지금부터 좋은 습관을 함께 길들여 보자.

다음에 내 후손들에게 "두 분은 닮으셨어, 좋은 인품이.", "두 분은 닮으셨어, 좋은 습관이." 이런 말을 듣고 싶어짐이라.

## 아내와 남편의 자리

친구의 결혼을 부러워했다. 본인 사업체도 있고 자기 집도 있는 친구가, 매일 일찍 일어나 밥상을 차려놓고 출근하는, 그런 배우자를 만나 행복하게 미래를 설계하는 친구가 내심 부러웠음이라. 그러나 몇 년이 되지 않아 사업은 도산했고 친구가 가장이 되었다. 며칠 전, 친구 남편의 사무실 이사를 돕게 되었다. 그런데 자꾸 자기 아내가 꾸려가는 가계(家計)를 자랑한다. 나 또한 함께 친구를 칭찬하면서 그런 아내를 만나 고맙다고 해야 한다고, 절하면서 살라고 권면했다.

뒤돌아보면 신혼 때는 남편들이 가장인 것처럼 보인다. 우리 세대는 적어도 그랬다. 남편이 직장을 다니고 아내들은 현모양처를 꿈꾸는 그런 세대. 그러나 지금은 아내와 남편의 자리가 많이 바뀌고 있음을 보게 된다. 나 또한 사업자의 대표로 일하고 남편은 고용자로 일함이라. 그러나 그것을 자리가 바뀌었다고 할 수는 없다. 내가 할 수 있는 영역 안에서 잘하는 일을 이루어 나간다면 서로의 자리에 만족해야 함이라.

내 아들네 집도 며느리가 더 일찍 출근하고 더 늦게 퇴근한다. 그러니 아들이 집안일을 많이 하고 식사 준비도 곧잘 한다. 그것을 두고 아내와 남편의 자리가 바뀌었다고 말할 수 있을까. 정해진 자리라기보다는 함께 헤쳐나갈 수많은 가정사를 각자의 상황과 여건에 맞게 나눈다고 해야 맞지 않을까. 무슨 역할을 나눈다 한들 남편과 아내라는 이름, 그것의 자리바꿈은 결코 없을 것 같다.

## 꿈에서 본 남편의 외도

꿈이다, 가슴을 쓸어내린다. 잠사고 있는 남편을 본다. 꿈에서 본 남편의 외도. 고백할 것이 있다고 말한다. 오래전부터 알게 된 여자와 사랑을 하고 있다고 한다. 직업은 고등학교 교사. 도저히 잊을 수도, 인연을 끊을 수도 없다고 한다. 그토록 믿었던 남편의 배신 앞에서 울음조차 나지 않는다.

꿈은 한 번으로 끝나지 않았다. 지금이 꿈이었다고 하고 잠자리에 들자 또 꿈이 아니라는 꿈을 꿨다. 가슴이 미어져 온다. 그렇게 슬픔 앞에 속수무책인 나를 발견했다. 그러나 생생한 꿈이다. 옆에 누워 자는 남편을 물끄러미 바라보게 된다. 청년의 모습은 어디 가고 주름이 가득한 이마가 더 넓게 보인다.

다혈질이라고 구박했고 이렇다고 저렇다고 핀잔으로 일관했던 나의 동반자인 남편. 오늘도 교회에서 김장하고 늦게 돌아왔는데 거실에는 흰 빨래가 가득 널려있다. 저녁이 되자 본인이 입었던 검은색 빨래를 세탁기에 돌리고 늦게 빨래를 넌다.

항상 그랬다. 반찬 투정 한번 없는 남편에게 고마워하지 않았다. 그렇게 반찬 걱정 한번 해보지 않았고, 정해진 식사 시간 걱정도 없었다. 김장철이면 언제 하는지조차 모르게 말없이 김장 준비를 도와주고, 투자 자금이 전부 날아가 버렸을 때에도 핀잔보다는 잊어버리자고 말해주었던 남편. 생일이면 항상 소고기미역국을 대령해주었고, 아파할 때마다 자기 몸보다도 더 걱정해주며, 외도 한번 하지 않은 고마운 남편.

    그런 남편을 무시하고 질책할 때가 너무 많았음이라. 젊었을 때 속 썩였다고 그것을 앙갚음하기라도 하듯이 모든 가사를 분담시키고, 직원들을 대신해 일하면 고맙다기보다는 당연하다고 생각했다. 허리 협착증을 앓고 있는 남편이 아프다고 하면 병원에나 가라는 핀잔으로 일관했던 나는 과연 남편의 아내가 맞는가.

    무심하리만큼 목소리만 높았던 나는 오늘 꿈을 꾸게 되었다. 진정으로 사랑한 사람이 그 여자였다는 남편의 꿈속 고백이 나를 깨닫게 한다. 미안하고 고맙고, 사랑한다.

    나는 이제야 철이 든다. 이제야 내 나이 오십 중반을 지나면서 고마운 남편의 손을 따뜻하게 잡아주어야겠다고 생각한다. 나의 반쪽인 내 남편에게 사랑한다고 고백해본다.

# 집안에 덩그러니 혼자 남는 시간

자녀가 셋인 우리 가정은 항상 북적거리며 살았다. 한 번쯤 내 시간을 가지는 여유가 있으면 좋겠다고 생각했다. 지금 자녀가 모두 출가하고 남겨져 있는 남편과 나. 그러나 그런 시간마저도 남편은 매번 친구들과 어울리는 사무실로 출근한다. 특히 주말이면 홀로 남겨지는 시간이 많음이라. 좋았다, 그런 시간들이. 젊었을 때의 보상이라 생각했다.

아무도 없는 조용한 나만의 공간들. 책을 읽고 글을 쓰고. 그런데 그런 시간이 많아지면서 외롭다는 생각이 든다. 불 꺼진 집에 홀로 들어섰을 때의 적막함. 이제야 남편이 집에 왔을 때 내가 없으면 찾아대는 이유를 알 것 같았다. 이런 고요함이 싫고 그런 적막함이 싫었음이라. 그래서일까. 나도 남편에게 매일같이 전화한다. 어디에 있는지 뻔히 알면서도 "어디인데?" 그냥 뜻 없이 묻는다. 적막함에 대한 외침인지도 모른다. 아내와 남편이 취미가 같아야 한다는 말이 실감 난다.

나는 신앙을 가졌고 남편은 무신론자이기에 서로 다른 공간에서의 삶이 더 자유롭게 느껴지는 것을 부인하지 못하겠다. 그러나 되도록 많은 시간을 부부가 함께 보낼 수 있는 공간에 대해서도 생각해봐야겠다. 내가 느끼는 외로움이 이 정도라면 다른 부부들은 어떠할까. 더 늦기 전에 같은 취미를 갖고 같은 신앙으로 산다면 더 행복한 노후의 모습이 될 텐데. 앞으로 살아갈 시간도 적지 않은 시간임이라.

## 남편과 같은 사람이 사위라면?

친정아버지 같은 남편을 배우자로 원했다. 어릴 적부터 아버지의 자상함이 좋았고 사람들에게 인심 좋았던 아버지. 술 한잔을 하신 날은 취기로 안아주고 업어주고 용돈까지 주던 아버지. 그러니 술 한잔하신 날을 은근히 기다리기도 했던 나. 그런 아버지의 냄새가 지금도 내 기억 속에 남아있다. 그러나 남자답다는 이유 하나만으로 선택한 배우자, 지금 남편. 그런 남편을 아버지는 좋아하셨다. 아버지의 장례를 치를 때까지는 1등 사위였음이라. 그때까지만 해도…….

대학 졸업을 하지 못한 남편은 시댁에서 3년 이상을 살게 되었다. 직장도 없이 친구들과 어울리기를 좋아하던 남편은 가정보다는 밖으로 겉돌았고 술 취한 날은 항상 폭풍전야였다. 분명 술을 드신 아버지는 쉽게 잠을 청하고 아침 일찍 일어나셨는데 남편은 완전 반대. 술을 마신 날은 밤을 꼬박 새워 한 말을 계속 반복적으로 하고 지인들에게 전화하고. 이런 주사가 있다는 것을 왜 진작 몰랐는지. 만약 남편이 이런 사위를 얻는다면 어떤 반응을 할까 하는 생각을 하게 된다. 마음속으로 이런 사위가 우리 가정에 들어오지 않기를 얼마나 기도했는지.

딸이 결혼하겠다며 예비 사위를 데리고 왔다. 온전한 배우자인지 아닌지는 살아봐야 안다. 적어도 주사가 있는 사람은 아니길 바라본다. 선조들의 지혜를 구해본다. 남자는 취할 때까지 술을 먹여봐야 한다고 했던가. 주사는 결코 쉽게 고쳐지지 않는 고질병이라는 것을 알고 있었던 것 같다. 나는 그런 사위는 결사반대다.

# 계속 통화 중

업무상 전화를 해야 하는 일이 많다. 남편도 그렇다. 그래서 통화 중 신호음이 들리면 잠시 후에 다시 전화한다. 하지만 종종 계속 통화 중일 때가 있다. 오늘도 그런 날이다. 차량 배차 문제로 빨리 연결이 되어야 하는데 남편의 전화는 계속 통화 중이다. 전화 통화를 좋아하는 남편은 온종일 통화 중일 때가 많다. 특히 술에 취하면 더욱더 쓸데없는 말을 통화로 풀어냈다. 흔히 잔소리라고 한다. 사람이 나이가 들면 잔소리가 늘어난다. 몸은 움직이지 않고 입만 움직이는 잘못된 변화 중의 하나이다. 다른 사람이 열마디를 하면 나는 한마디로 대답해주는 일을 연습해야 한다.

나도 말이 많다. 영업을 하다 보니 필요 없는 말을 할 때가 많고 변명의 여지를 남겨둘 때가 많다. 중년의 값이 말로 전달되는 것은 분명 아닐 텐데. 나는 연습한다. 전화 통화든 대화든 들어주는 연습을 많이 한다.

말이 많으면 허물도 커진다. 남의 말을 듣는 것으로만 만족한다면 얼마나 중년의 모습이 아름다울까. 오늘도 30분 이상 전화 연결이 안 되는 남편을 보면서 나를 되돌아본다. 통화는 간단히, 잔소리는 만나서.

## 억지로 고치려 하지 말자

나는 남편과 그리 친하지 않다. 매번 남편은 나에게 비수가 되는 말을 내뱉는다. 나는 200%로 당신을 사랑하는데 당신은 나를 사랑하지 않는다고. 그러면서 하는 말, 내가 병이 나면 모든 일을 제쳐두고 병수발을 할 것이라고 장담한다. 그러나 나는 왠지 그 말이 잠깐 보이는 의협심인 것 같아 믿어지지 않는다. 그러니 매번 한 귀로 듣고 한 귀로 흘려보낸다.

매번 보이는 행동은 사랑하고는 거리가 먼 것 같다. 배려가 없는 말, 배려가 없는 행동, 배려 이기주의. 사람은 사람이 고칠 수 없다. 특히 가족은 더욱 그럴지도 모른다. 부모를 변화시킬 수 있을까. 자녀들을 변화시킬 수 있을까. 특히 남편은 절대로 변화시키지 못한다. 그러니 억지로 고치려 하지 말자. 고치려 하면 할수록 망가지는 것이 자기라는 사실을 알아야 한다.

그대로 존중해주고 배려받으려 하지 말고 배려해보자. 사람을 살리고 죽이고 고치는 일은 신의 영역임을 기억하고 또 기억해야 함이라.

## "30년 살았네. 그러니 5년만 떨어져 살고 다시 30년 어때?"

남편의 말에 귀가 쫑긋한다. 30년 살았으니 5년만 떨어져 살자는 제안. 내가 원하던 삶인데. 결혼생활이 30년에 접어든다. 부모 품에서 26년을 살았으니 이제 부부로 함께하는 삶이 더 길어졌다. 이대로 산다면 앞으로 30년은 더 살 것 같은 위기감이 든다. 자녀들이 없는 빈 곳에서 30년을 더 살아야 하는 지루함을 남편이 느끼게 된 것일까.

뜬구름 같은 제안에 맞장구를 치고 나니 한 번쯤 그렇게 살고 싶다는 생각이 든다. 그럼 내년에 분가를 준비해야 하나. 하고 싶은 일을 하고 여행도 가고 취미생활도 하고. 실컷 자유를 누리다가 지치면 그때 다시 만나 남편과 신혼처럼 사랑을 나누고 산다면 행복할 것 같다는 생각이 든다. 그러나 과연 남편이 본인이 던진 말을 실현시킬 수 있을까.

나는 아직 남편이 준비되지 않았다고 생각한다. 그러나 한번 생각해 보니 좀 더 구체적으로 독립을 꿈꿔본다. 나는 5년을 어떻게 살아낼 것인가. 미국으로 취업 이민 가는 딸을 쫓아가야 하나. 이런저런 생각이 꼬리에 꼬리를 물고 이어진다.

여보, 그런 제안 해줘서 고마워요. 나를 배려한 사랑이라고 믿어도 좋겠지요.

# 소 잃고 외양간 고친들 무슨 소용이 있을까

수도 요금이 몇 달 전부터 올라가더니 급기야는 수도 검침 요원의 전화를 받았다. 다음 달에는 배로 적용될 듯하다고. 본사에 전화해서 알아보고 혹 누수가 있는지 알아보라고. 몇 달 전부터 욕실에서 물소리를 들었다. 그냥 흘려들을 수 없어 남편에게 몇 번이고 언질을 줬다. 아무래도 수도에 이상이 있는 것 같다고. 남편은 귓등으로 듣는다. 결국, 다음 달 배가 넘는 금액이 고지된다고 하니 이제야 엉거주춤 세입자의 가정과 상가를 살펴보기 시작한다. 다행히 어디가 잘못되었는지를 파악하고 수리는 했지만, 마음 한편에서 화가 치밀어 오른다. 몇 달 전부터 이야기했는데 서둘러서 확인해보고 바로잡을 생각을 해야 하는 것이 아닌가. 일을 이런 식으로 해결한 것이 한두 번이 아니었음이라.

그냥 흘려버려 작은 것으로 끝날 일을 큰일로 만들어 손해를 본 일이 이번만이 아님을 나는 살면서 여러 번 겪었다. 사람의 습성은 바뀌기가 힘든 것이 사실이다. 이번에도 10만 원이면 해결될 일이 100만 원이 넘는 수도 요금을 납부하고서 끝났다. 몇 달을 합하면 100만 원보다 더욱 큰 금액이다. 우리는 지금 소 잃고 외양간을 고치고 있다. 나 또한 그 일에 동조한 셈이니 마음 한편이 무너져 내렸다. 나이를 먹고 나서도 안 고쳐지는 안전 불감증은 도대체 언제 고쳐질는지.

## 딸아이의 방문이 잠겼다고

    술이 거나하게 취한 남편이 쾅 쾅 방문을 두드린다. 문을 열라는 것이다. 잠긴 문에 기분이 상한 건지, 술에 취하니 주사가 심해진 건지 이유는 알지 못함이라.

    그날따라 나와 함께 잠을 자던 딸의 반응이 무반응이다. 포기했다는 뜻이기도 하다. 항상 매번 불쑥불쑥 열어대는 방문에 신경이 쓰였는지 아예 안에서 잠그는 고정 장치까지 구입했다. 얼마나 방해를 받으면 그럴까 하는 생각으로 놔두었다. 청소년 시기에는 혹여 게임에 빠질까 봐, 혹여 공부는 안 하고 잠만 잘까 봐 노심초사하는 마음으로 문을 열어볼 수도 있지만 이제 성년이 된 딸의 방문을 이유도 없이, 노크도 없이 연다는 것은 예의가 없다는 뜻이다.

    나 또한 배려 없이 아무렇지도 않게 열었는데 조심해야겠다는 생각이 든다. 가족 간에도 예의가 필요하다.

# 남편의 거짓말

남편은 거짓말하는 것을 제일 싫어한다고 한다. 오늘도 늦어진다는 연락도 없이 한밤중이 되도록 귀가하지 않았다. 몇 번 전화하자 전원까지 꺼버린다. 나는 그 이유를 알고 있지만 내색하지 않는다. 사람은 누구나 떳떳하지 못하면 전화를 제대로 받지 못한다. 비굴하게 변명을 해야 하면 숨어버리는 습성이 있기 때문이다. 나도 남편 모르게 부채가 있었을 땐 남편 몰래 전화를 받느라 힘들었고 갑자기 질문이라도 받으면 비굴해질 정도로 거짓말을 둘러댔던 적이 있었음이라. 그러나 거짓말이 진실을 이겨내지 못한다는 것을 알게 되었다. 거짓말이 얼마나 불편하고 비겁하게 하는지를 알게 됨이다.

거짓말은 떳떳하지 못한 행동을 하고 있다는 표현이다. 이 기회를 통해 진실을 고백할 기회를 다시 가져본다. 그래 무엇이든지 진실 되게 얘기해보자. 하루를 진실로 살아낸다는 것은 쉽지 않은 일 같다. 거짓된 비굴한 인생을 살기 싫어서 한 나와의 약속. 결코 거짓의 노예가 되지 않겠다고 다짐한다. 결코 하얀 거짓말은 없다는 것을 안다. 그것은 거짓말을 옹호하기 위한 또 하나의 변명임을 안다.

하루의 삶을 온전히 정직하게 지내는 일은 의무이다. 자녀들 앞에서 떳떳한 삶을 살아야 하기 때문이다. 또 나 자신도 구구한 변명으로 둘러싸이고 싶지 않기 때문이다. 오늘도 전원을 꺼 놓고 핑계의 말을 찾는 남편의 어리석음이 안타까울 뿐이다.

## 바른말

'형님처럼 바른말하고 사는 사람은 흔치 않아요.' 동서의 일침이다. 내가 그랬나를 생각해본다. 시부모는 전형적인 가부장적 삶을 추구했다. 특히 시어머니는 조상을 잘 모셔야 집안이 잘된다는 전통 사상이 뿌리 깊다. 그러니 나와 부딪히는 것이 많다.

결혼 후 처음 맞는 시아버지 생신에 케이크를 준비했다고 호되게 야단맞은 후로는 지금까지 준비하지 않는다. 또한 부엌에서 노랫소리 한 번 흥얼거렸다고 예의 없다며 '친정 가서 다시 배워 오라' 소리친 일은 잊을 수가 없다. 그래서 나는 시부모의 행동을 주시하게 되었다. 얼마나 예의범절을 지키고 말과 행동이 온전한가를. 그러나 실망하는 일이 많아지면서 나도 바른말을 해야 한다고 생각하게 됐다. 다른 것은 다르다고 말하고, 아닌 것은 아니라고 해야 한다. 그때부터 우리 가정에 잘못된 것을 바로잡으려는 힘겨루기가 시작됐다.

힘이 약한 여자들이 김장하는 것부터 고쳤다. 남편을 선두로 도련님들도 합세하여 김장을 하게 했고, 지금까지도 남자들의 몫이 되었다. 가정에도 자기의 몫이 있다. 하지만 억지로 시키고 싶지는 않다. 하고 싶지 않은 일을 강요하는 것만큼 싫은 일은 없다. 그래서 나는 싫다는 사람에게는 무엇이든지 강요하지 않기를 바라본다. 바른말을 할 줄 아는 용기, 그것도 가족들이 함께 살아내야 하는 지혜라고 여기고 싶다.

시어머니가 하는 말, "너는 좋겠다, 하고 싶은 말 다 하고 사니.". 말하고 싶다. '저도 다하고 살지는 못해요'라고. 지혜로운 바른말은 상대방을 배려하는 일임을 알아야 한다.

# 내 성향을 알고 나니 상대방의 성향도 존중하게 됨이라

나의 성향은 리더십을 가지고 태어난 기질이라는 것을 성격 형성 테스트를 통해 알게 되었다. 이제야 나와 남편의 기질에 대한 궁금증이 풀어진다. 남편의 기질은 사교형이었고 나는 주도형이었다는 사실을 이제야 알게 되었다. 개인의 성향은 타고나는 것이 거의 전부라는 통계도 있다고 한다. 그러니 서로 노력한다고 해도 자꾸만 부딪힐 수 밖에 없었던 가정생활. 그 속에서 부딪혀 왔던 것은 어느 한쪽이 틀린 것이 아니라 서로 다르다는 것을 지금에야 이해하게 된다.

남편은 세 자녀를 키우면서 나와 부딪히는 일들이 많아졌고, 술을 의지했고 다른 사람과의 관계만 중요시했다. 급기야는 이런 남편이라면 차라리 죽어주는 것이 좋겠다는 생각에 죽기를 기도한 적도 있었음이라. 그러나 시간의 인내를 통해 인생을 배우게 되고 서로 다른 성향이 부딪히며 깎이고 순화되어가는 시간을 거쳐 신기하리만큼 평온해졌다. 절대로 섞이지 않을 것 같은 시간 아래 살면서 이제는 서로가 각자의 성향을 인정해주고 이해해주려 노력한다. 그 결과 서로를 보듬어 안을 줄 아는 성향이 되어감이라. 남편은 주도형으로 조금 더 가까워지고 나는 사교형으로 좀 더 기울어지게 되니 참 신기한 시간의 힘이라.

4장

함께 공유하고 치유하고 사랑하고

## 여행은 힐링의 시간이라고 말할 수 있음이라

'어? 왜 이럴까, 지진이라도 난 걸까?' 세상이 빙빙 돌아간다. 그렇게 정신을 잃게 되고 한참 만에 깨어나 옷을 툴툴 털어낸다. 언제 그랬냐는 듯이 사람들의 시선이 두렵다. 며칠 전부터 진행된 어지럼증이 나를 두렵게 한다. 일종의 이명이라든지 메니에르병이라든지 지인들이 앓고 있는 질병 중 하나인 것 같아 불안한 마음을 떨쳐버릴 수가 없다.

진료를 받아보아도 신경안정제 이외의 약은 처방해주지 않고 병원에 있는 큰딸에게 연락하니 좀 더 구체적으로 진료 받아보자고 권유하기에 수락했다. 큰 병원 진료를 받게 되었지만 별다른 점이 없다. 그러니 자꾸만 우울함이 밀려오고 숨 가빴던 삶이 주마등처럼 스쳐 지나간다. 밀려오는 우울을 떨쳐내 버릴 수가 없다. 이제 열심히 살았노라 소리칠 나이가 되자 얻은 것은 알 수 없는 병과의 두려운 싸움이라니. 그 사실이 나를 절망으로 몰아넣고 있음이라. 이때 딸이 외국 여행을 제안한다.

한번 떠나보자. 투자손실을 만회하기 위해 고소, 고발하고 채권자들에게 시달리고 또 채무를 갚아내느라 몇 년간 팽팽한 긴장 속에 살았다. 그 절박함이 병이 된 것이 아닐까 싶다. 내 몸을 돌봐야 한다는 생각을 한 번도 한 적이 없다. 설마 건강을 잃어버릴 것이라 생각하지 못했기 때문이다. 사람들은 말한다. 건강을 잃으면 모든 것을 잃어버리는 것이라고. 삶의 처절함 앞에서는 눈에 보이지 않는 건강은 사치였음이라.

그렇게 떠나게 된 홍콩과 마카오. 먼저 호텔을 정하고 교통편은 지하철과 버스를 이용하기로 했다. 모처럼 사람들이 살아있다는 생각이 든다. 세계의 사람들이 살아내고 있고, 또 살고 있음이라. 조금씩 자유를 느꼈다. 한국의 도시들이 잊혔다. 나를 옭아맸던 강박에서 벗어나기 시작하니 가지고 온 책을 읽을 수 있었고 딸과 시간을 즐길 수 있었다. 공항에서도 한 번 쓰러져 여행을 포기할까도 했는데 귀국 길에는 어지럼증이 완치되었음이라.

　지금까지 한 번도 쓰러지지 않았으니 강박감이 병을 키운다는 생각이 든다. 힘들다고 움츠러들지 말고 외국이 아니라도 가까운 곳으로 떠나보길 권해본다.

## 가정의 위기를 함께 극복하니 자녀들 재정 관념이 확고히 세워지다

몇 억의 투자 손실로 가정경제가 바닥을 내달리고 있을 때, 자식 셋 모두 대학생이었다. 아무리 안 입고 안 먹는다고 해도 1년이면 지출이 1억 원이 넘는다. 모두 사립대학이고 막내딸은 발레를 전공하니 말이다. 부도가 나니 자녀들 학비를 충당할 수 있는 여력이 없어져 버렸다.

우선 가족회의부터 진행해야 했다. 지금부터 학자금은 각자 조달하고 생활비조차도 아르바이트해서 충당하기로 합의했다. 제일 힘든 건 막내딸이었다. 막내딸은 발레를 전공하다 보니 일할 시간이 턱없이 부족해서 항상 만 원만 달라고 졸라댔고, 교통비가 바닥났다고 했지만 줄 수 없었다. 그때의 기억은 마음을 아리게 만든다. 장학금으로 충당할 수 있는 금액 또한 제한적이었기 때문에 자녀들이 졸업하고 난 후, 모든 학자금 대출금이 1,500만 원이 넘어갔고 막내딸은 3,000만 원에 달하는 금액이 빚으로 남게 됨이라.

어찌할 도리가 없었다. 더 이상 그들의 필요를 채워주지 못함에 미안했지만, 이제는 빚을 지지 않겠다고 결심한 이상 외면할 수밖에 없었던 현실. 그러나 빚이 동기가 되었는지 다들 취업을 하자마자 학자금부터 갚아내었다. 경제 관념 또한 누구 하나 나무라지 못할 정도로 투철해져 있다.

가정이 무너지면 자녀들도 자기 몫을 해줘야 한다는 것을 알게 해야 한다. 그렇게 함께해야 함의 이유를 알게 함이라. 무조건적인 부모의 희생은 사라져야 함이라.

# 나이가 들어간다는 것은 천천히 혼자가 되어가는 것이다

'엄마'하고 불렀을 때 대답 대신 덩그러니 시계의 초침 소리만 들리는 집안. 그러면 잽싸게 달려 농사일 중인 엄마의 얼굴을 보러 갔다. 그리고 그것이 전부였으나 마음이 따뜻했다. 우리 자녀들도 그렇게 자라났다. '엄마'하고 학교에서 돌아오면 불러댔다. '엄마'라고 불러댄 옛 기억들이 아련히 떠오른다. 대가족의 그늘에서 정신없이 살아왔던 내 엄마, 그리고 나. 나의 세 아이들도 항상 '엄마'라는 말을, 그 부름을 입에 달고 다녔다. 흥부네 가족을 방불케 했고 한 번쯤 할머니 댁으로 보내놓으면 얼마나 그 시간이 귀했는지. 달콤한 신혼 같다는 생각을 하기도 했던 시간들.

그러나 지금은 나이가 들어가면서 천천히 혼자가 되어간다. 항상 내 엄마가 하던 말, "그렇게 엄마라고 불러줄 때가 행복한 거야". 그 말을 하며 미소짓던 내 엄마. 대가족의 틈바귀 속에서 잘도 버텨내시고 살아내신 엄마의 귀한 덕담이다. 그러나 지금은 내 엄마도, 나도 나이가 들어간다. 이제는 혼자가 되어가는 것을 즐길 수 있는, 그러한 시간이 주어진다는 것 그 자체에 감사해야 하지 않을까.

# 자녀들에게도 알려야 하는 가정 경제

'등기입니다' 아무 뜻 없이 받아본 우편물은 법원에서 보낸 것이다. '긴급 송달 우편'. 건물이 경매된다는 내용이다. 남편 모르게 투자한 커피숍이 남의 명의로 이전된 사실에 초토화된 우리 가정에 불을 지피는 우편물이다. 몇천도 아닌 몇억의 손실, 거기다 사채까지 보증선 내가 모든 채무를 변상해야 했다. 큰 피해가 우리 가정에 불어 닥쳤다. 드라마에서나 봤을 경매 스티커가 우리 가정에도 들이닥칠 것이다. 남편의 분노는 극에 달했고 나는 숨조차 쉴 수 없는 지경에 몰렸다. 사채업자와 보증에 의한 채권자들의 전화가 빗발치고 때론 찾아와 하소연한다. 이젠 건물까지 경매에 이른다고 하니 얼마만큼을 시달렸을지 상상에 맡긴다.

가스와 전기도 차단되고 전화까지 연결되지 않고. 갑자기 불어 닥친 경제의 파산은 나를 죽음으로 내몰고 있었다. 아무리 발버둥 쳐도 일어나지 못할 만큼의 두려움. 모든 것을 포기해야 했다. 남편과 나는 날마다 채권자를 찾아가 독촉을 해보지만, 상대방도 회복되지 않는 돈. 인생 최대의 위기를 맞았다. 처음으로 짐을 꾸리게 된다. 이제 더 이상 물러설 곳이 없었다. 모든 것을 내가 책임지고 이혼하거나 죽는 수밖에는. 그러나 그때 군대를 제대한 아들이 학생 때부터 모아두었던 천만 원을 내놓았고 보증 선 사채의 빚을 갚게 되었다.

나 또한 절망으로 일관하는 삶이 아니라 재정관을 다시 세우려 서울에서 진행되는 재정 훈련까지 받아 가며 빚 갚는데 몰두했다. 또다시는 빚지지 않겠다는 서원(誓願)을 하나님께 하고 버텨 내고 버텨낸 결과 몇억의 부채를 갚아내고 있음이라.

취업한 아들은 매달 남편 통장으로 빚 갚는 데 사용하라고 100만 원씩을 내주었다. 함께 부채를 갚아가게 되니 가정경제는 예전 수준은 아니더라도 가족이 함께 웃을 수 있을 정도의 여유가 됐다. 지금도 감사하다, 모두가 한마음 되어 빚 갚기에 나서줘서. 가정 경제는 반드시 자녀들에게도 알려주고 함께 풀어가야 하는 숙제가 되어야 함이라.

## 맏딸은 살림 밑천

태어나고 보니 맏딸로 태어났다. 나는 그것이 싫었다. 언니도 오빠도 있는 게 좋았는데 태어나 보니 맏딸이었다. 나는 대학을 안 갔다. 가정 형편상 한 살 어렸던 동생의 대학 진학을 위해 결정된 일이었다. 동생들 보살핌은 항상 내 몫이었다. 그런 중압감이 싫었는데 결혼도 큰며느리로 하게 될 줄이야. 맏딸은 살림 밑천이라는 명분 아래 희생의 도구가 되었던 것은 아니었을까. 그렇게 은근히 희생을 강요당한 우리 세대.

지금은 그런 틀이 깨어져 나가고 있는 것이 사실임이라. 외아들, 외동딸이 많은 이유도 있겠지만 본인의 성향에 따라 가정에서의 역할을 감당한다. 우리 집도 큰딸은 집안일에 별 관심이 없지만, 막내딸은 집안일을 위해 태어난 것처럼 살림이 반듯하다. 그러니 언니 오빠와의 자취생활도 아주 심플하게 염려 없이 잘해주었던 것 같다. 하지만 지금도 맏딸과 맏며느리의 과제는 여전할지도 모르겠다. 흔히 하는 말이 '첫째가 잘해야지', '첫째가 본이 되어야지'.

아니다. 본이 되는 것보다는 각자 주어진 틀 안에서 자기의 몫을 온전하게 감당해 준다면 그것으로 족할 것 같다. 나는 맏딸로 태어나 양보한 것이 너무 많다. 그것을 보상받으려 하는 말이 아니라 맏이에게 기대하지 말자는 뜻이다. 맏딸로 맏사위로 맏며느리로 맏아들로 그 중압감을 느껴보지 못한 사람은 그 심정을 알지 못함이라. 나는 다시 태어난다면 막내로 태어나고 싶다.

## 오늘과 내일이 모여서 인생이 된다

나는 오늘을 두려워하지 않고 살았다. 그래서 내일도 있다고 생각했다. 지금은 하루하루 내일이 막막하다. 젊었을 때는 느끼지 못했던 내일의 불안감이 스멀거리며 벽을 타고 나도 모르게 내게 다가오고 있다는 생각이 든다. 내일을 준비하지 못한 조급함일까.

토요일 아침 운동을 마치고 책상 앞에 앉아 한참 동안 펼쳐보지 못했던 책들을 뒤적거리기 시작한다. 정독해본다. 예전에는 읽으면서도 깨닫지 못했던 내용이다. 이제는 누가 가르쳐주지 않아도 '그랬구나!'하고 무릎을 치게 만든다. 좀 더 일찍 깨달았다면 용기 내어 도전해봤을 일들이 많았을 텐데.

오늘과 내일의 삶은 특별히 다르지 않다. 그날이, 그날이 된다. 하지만 생각을 바꾸고 마음을 바꾸면 인생에 반전이 생긴다는 것을 이제야 알게 됨이라. 정신적으로 여유가 없었던 내 자아가 나이라는 시간 앞에 나를 세운다. 멈춰보라고.

55세의 중년, 또 다른 인생을 만들어 보면 어떨까. 나의 오늘과 내일이 모여 새로운 인생의 무대가 다시 시작될 것만 같다. 지금부터 못 읽던 책도 읽고, 새로운 지식도 터득해보리라. 오늘 읽은 책으로 끝나는 것이 아니라 더 많은 정보를 공유하기 위하여 굳어진 내 머리를 깨워봐야겠다.

# 부모의 입원

내 나이가 되면 부모가 연로하다. 대부분 부모의 나이가 80세를 넘게 된다. 나 또한 친정엄마가 80세를 넘겼다. 시부모도 80세를 훌쩍 넘겼다. 그러니 장례식장에 가는 일이 빈번하다. 시어머니가 병원에 입원한다는 소식을 들었다. 병간호는 못 할지라도 며느리로서 밤을 함께 해야 한다고 생각하게 된다.

'이제 죽어야지'라고 넋두리하는 시어머니의 모습을 보면서 살고 싶은 욕망의 표현이 아닐까 생각한다. 육신이 죽으면 끝이라고 생각하기에 생명에 대한 아쉬움 때문일까. 나는 기독교인이다. 그러다 보니 육신의 끝이 생명의 끝은 아니라는 것을 안다. 그래서일까, 나는 죽음이 두렵지 않고 겁나지도 않는다. 죽음은 또 다른 생명의 연장이라 생각하니 좀 더 자유롭다고 생각하는 걸지도 모른다. 버겁게 살아왔던 인생이 죽음이라는 보상으로 채워진다고 생각하는 것이 조금은 이해가 안 될 듯도 하다. 그러나 나는 그것을 믿는다. 친정엄마와 매번 나누는 말이 그것이다. '죽음이란 병이 온다면 생명 다하는 날까지만 살자'고.

나도 이제 노인이 되기까지 시간이 그리 오래 걸리지 않을 것을 안다. 더욱 생명에 대해 연연해하며 살지 말자고 생각한다. 응급실을 드나드는 삶을 살아간다면 행복한 노년이 아닐듯하다. 반복되는 입원은 본인도 힘들겠지만, 자녀들에게도 힘든 일임이라. 건강하자, 건강한 노년을 세우기 위해 열심히 삶을 살아내야 함이라. 그러나 그것은 결코 내 힘으로 이루어지는 일이 아님이라. 벌써부터 염려가 된다, 솔직히.

# 휴대폰에 머리를 묻다

　서울 지하철을 탔다. 모두 각자의 휴대폰에 머리를 묻고 있다. 자가용을 탔다. 조카들과 함께 서로 이야기도 나누고 자연도 즐길 겸. 묵묵하다. 모두 휴대폰에 머리를 묻었다. 가족이 모였다. 역시나 묵묵하다. 다들 핸드폰에 머리를 묻고 있다. 요즘 세상의 진기한 풍경이라 말하지 않을 수 없다.

　우리 가족도 언제부터인가 텔레비전 시청이 줄어들고 휴대폰 시청이 늘어났다. 그러니 모두가 이어폰을 사용하지 않을 수 없다. 오늘도 개그맨도 아닌 자들이 소리 지르는 동영상 속으로 딸은 빠져들어 간다. 출근 시간이 다가오는데도 그 소리에 빠져 헤어 나올 줄 모른다. 시끄럽다고 소리를 줄이라고 타박하니 엄마는 요즘 세대를 모른다고 반박을 한다.

　세대 차이는 무엇이 만들어내는 걸까. 유튜브 시청을 안 해서? 아니면 요즘 세대의 유행어를 몰라서? 이도 저도 아닌 것 같다. 신세대의 개념은 무엇을 말하는 걸까. 또 구세대의 개념은 무엇이라고 말할 수 있을까. 어쩌면 이 개념은 휴대폰에 머리를 묻음으로써 우리 스스로가 만들어낸 벽은 아닐까. 말하지도, 듣지도 않는, 대화가 단절되는 벽 말이다.

# 감투

휴대폰을 검색하던 남편이 툴툴거리며 혼자 신경질적으로 화를 낸다.

"총무를 하라고?"

옆에서 듣자 하니 동창회 임원 선출 일인가 보다. 서로가 회장을 안 하려 하니 임원 선출이 그만큼 힘들어졌을 것이다. 가히 그럴만하다. 우리 동창회도 마찬가지이고 교회 모임도 대표의 자리는 너도나도 마다하려고 한다. 모두가 책임회피이다. 나는 여러 가지 대표의 자리에 있는데 책임과 의무만 있을 뿐 보상이 없다. 그렇기 때문이 아닐까. 예전엔 기피했던 마을 이장이나 반장 자리에 보상을 주니 요즘은 투표를 통해 뽑을 정도로 경쟁이 치열하다고 한다. 그렇다. 무보수와 봉사의 자리에는 누구도 선뜻 나서지 않는다. 보상은 없어도 대표로서 책임의 무게는 사라지지 않으니.

한참 전 고객의 집에 방문했을 때 대통령 표창부터 셀 수도 없이 많은 표창장에 감탄하자 표창장 주인의 아내 분 푸념이 아직도 기억에 남는다.

"표창장 한 장에 천만 원은 해요."

그만큼의 수고와 지출이 필요했단 말일 테다. 그러니 옆에서 지켜본 아내의 시선이 곱지 않았을 것은 뻔한 일이다. 사실 시아버지도 수많은 표창장이 있다. 그러나 무용지물. 유난히 감투 쓰기 좋아하는 세대를 살았기 때문일지도 모르겠다.

지금은 보상 없는 감투는 누구도 쓰려고 하지 않는다. 자원의 봉사자가 줄어든다는 현실이 쓸쓸하다. 서로 섬겨주고 나누고 봉사하는 친목회가 진정한 친목회가 아닐까.

# 한 달에 한 번

친한 친구와 같은 교회를 다닌다. 그래서 매주 만나게 된다. 각자의 삶을 사느라 매주 만나도 긴 이야기는 못 하고 헤어진다. 그래서 우리는 한 달에 한 번은 모든 수다를 털어낼 수 있는 정기모임을 한다. 20년도 넘게 우정을 쌓을 수 있었던 것은 이런 행복한 만남 덕분이다. 힘들고 버거운 삶의 무게가 있기에 지금 더욱 끈끈한 우정을 쌓아 가는지도 모르겠다. 매번 좋은 일만 있었던 것은 아니지만, 산전수전 겪으며 울고 웃었던 지난날을 추억으로 남기는 우리의 시간은 즐겁다.

오늘도 그런 날이다. 이번엔 친구가 좋은 소식을 가지고 왔다. 몇 달 전부터 준비한 카페를 오픈한다고 한다. 20년 정도 된 회사를 정리하고. 우리는 모일 때마다 그런 꿈을 키워왔다. 50대에는 우리가 꿈꿔왔던 일을 실행해보자고. 지금 실천해야 할 시간이 우리에게 다가온다. 나 또한 학업 진로 과정을 돕는 코칭센터 운영을 계획 중이고 책도 출간할 예정이다. 꿈을 이루어내는 우리가 나름 기특할 따름이다. 아무것도 없이 무일푼에서 시작한 친구. 우리는 각자의 시간 속에서 무던히 애썼다. 그 시간이 헛되지 않았음에 감사하다. 이것은 우리가 서로의 성장을 도와주고 격려해주고 기도해 준 결과는 아닐까.

나만 잘되기 위하여 기도하는 삶이 아니라 내 곁의 누군가를 위하여 기도하는 삶, 이것도 우리에게는 보물이 된다. 한 달에 한 번 만날 때마다 꿈을 발견하고 그 꿈을 이루어 나가는데 한몫을 감당하는 우리 모임이 되길 원해본다. 변함없는 온전한 우정 아래서의 만남을 기대하면서 오늘도 늦은 잠을 청해본다.

## 지난날의 회상

가족사진이 단란해 보인다. 고객의 인성이 좋은지 집의 벽지는 온통 아이들의 낙서로 가득하다. 이제 이사를 가니 신경 쓰고 싶지 않아 마음껏 그리기를 하라고 내버려 둔다고 한다. 자녀가 셋인 가정. 나도 셋이었기에 공감이 간다. 해맑은 얼굴의 새댁은 근심 걱정이 없어 보이나 몇 마디 대화를 나누다 보니 눈에 눈물이 글썽하다.

남편은 태안에서 농사를 짓는다고 한다. 매일 바쁘고 주말도 휴일도 없는 날이 많다고. 그러니 모든 짜증을 자녀들에게 소리 지르거나 야단치는 일로 대신한다고. 무엇이라 위로해주지 못했다. 저녁이면 우울해지고 내가 무얼 하는 것일까 하는 삶에 대한 푸념이 쏟아진다고 한다. 사실 나도 그랬기에 그 기분을 알 것 같다. 결혼해 도시에서 시골로 온 사람이 흔히 겪는 고충이다. 외국에서 한국으로 결혼해서 온 사람들은 얼마나 힘이 들까 하는 생각이 든다. 아무리 좋은 결혼이라도 환경은 무시하지 못할 것 같다. 나 또한 서울의 삶을 버리고 남편을 따라 시골로 내려왔다. 익숙해지기 위한 그 시간만큼은 마냥 힘든 시간이었음이라.

힘든 시간을 보내고 있는 고객이 눈에 밟힌다. 그러나 그런 시간을 지혜롭게 헤쳐나가야 할 것이다. 지난날 나의 삶이 자꾸만 떠오른다. 오늘은 모처럼 빛바랜 앨범을 꺼내 봐야겠다. 힘들었던 기억은 이제 웃으며 이야기할 만큼 추억이 되었다. 시간은 나를 성장하게 했다.

## 대청소는 마음마저 후련하게 만든다

남편에게 창고 정리를 하자는 제안을 받은 지 여러 날이 지났는데 나는 꼼짝도 하지 않는다. 자녀들이 외지에서 들여온 물건들이 산더미라 엄두를 못 내겠다. 거기다 내 짐이 아닌지라 어디서부터 손을 대야 할지도 막막하다. 정리 정돈을 잘하는 내가 손을 못 댈 정도면 어느 정도인지 가늠할 수 있는 일이다. 드디어 짐 정리를 시작하기로 마음을 먹고 행동으로 옮겼다.

아침마다 가는 운동도 마다하고 부엌부터 차근차근 정리하다 보니 사용하는 물건보다 '다음에 써야지'하고 쌓아둔 물건이 더 많다는 사실을 깨달았다. 특히 일회용품은 차고 넘쳤다. 필요 없다고 생각되는 물건은 과감히 버렸다. 청소 후 정리 정돈된 집안을 보니 마음마저 후련하다. 이제 미국으로 떠나는 딸의 짐까지 정리하면 사용될 것만 갖춰지게 된다.

예전 사용하던 냉장고가 고장 나서 새로 교환할 때도 혹여 냉장고에 음식을 쌓아둘까 봐 아주 작은 크기로 선택했다. 남편은 '대형, 대형'을 외쳤었지만, 얼마나 잘한 일인지. 지금은 그 용량에 맞게 사용하니 음식물 낭비가 없다. 물건을 버리기 전에 애당초 구매에 신중해야 한다는 것을 깨달았다. 버리는 일은 공간을 만드는 일이다. 아무리 생각해도 잘한 일이다.

5장

겸손과 배려는 모든 허물을 덮어낼 수 있는
가장 효과적인 처방이다

# 카톡을 열람하면서

가끔 시간이 나면 지인들의 카톡이나 카카오스토리를 탐색한다.

'와, 이분은 이렇게 여행하며 살고 있네.'

'와, 이 사람은 이런 작품을 올려놨네.'

한편으로는 부러움이 밀려온다. 나는 지금 마음이 힘들고 지쳐있는데, 나는 지금 외로움에 목말라 있는데……. 그러나 나는 그분들 대부분이 외롭고 지쳐있는 일상도 있다는 것을 알게 되었음이라. 화려하게 카톡방을 장식하는 지인과 차 한 잔을 나누다 보니 알게 되었다. 자랑하고픈 마음을 카톡의 사진 한 장으로, 카카오스토리에 올려놓는 글로 대신 채워간다는 것이다. 외롭고 지친 흔적은 모두 감추고 화려한 일면만 내놓게 된다고 하소연한다.

나 또한 그렇지 않았나, 다시금 돌아보게 된다. 카톡에 올렸던 사진들을 훑어보니 막내딸의 석사학위 논문 책, 자식들 결혼식 사진, 가정 내부를 엿볼 수 있는 사진, 단란한 가족사진 등 나 또한 제일 자랑할 것만 넘치게 진열해 놓았다는 사실을 알게 됨이라. 친구들이 가끔 '손주 자랑할 거면 만 원 내놓고 해야 해'라고 했는데 이 말이 장난이 아닌듯하다. 나 또한 손주를 보게 된다면 분명 카톡 사진에 넣게 될 터이니.

우리는 끊임없이 자랑하고픈 마음이 생기는 속물임을 알면서 왜 그것이 답습돼 가는지는 잘 알지 못한다. 자신을 살펴보지 않기 때문은 아닐까. 과도한 자랑은 어느 곳에서든 참아주면 좋겠다는 생각이 든다. 다시 나의 카톡방을 점검해봐야겠다. 겸손한 카톡방과 카카오스토리를 만들어 내어 보리라.

# 엄마의 55세는 어땠을까

친정아버지가 57세에 간암으로 세상을 떠났다. 다행히 빚은 없어 감사했지만 남긴 재산도 없었다. 엄마의 나이 55세. 지금의 내 나이에 배우자를 잃은 엄마. 그 슬픔의 깊이는 얼마나 되었을까. 지금 생각해보니 나는 엄마의 외로움을 달래주지 못한 것 같다. 언젠가 엄마의 푸념을 들었다.

'내가 외롭고 힘들 때, 쓸쓸히 방 한가운데 누웠을 때, 전화 한 통 안 해주던 자녀들이 미웠다.'

지금은 무심히 이야기하지만, 그때의 엄마는 외로움이 너무 힘겨우셨나 보다. 배우자가 없는 적막함과 고요는 겪어보지 못한 사람에게는 전혀 알지 못할 일이다. 아빠의 부재로 인하여 농사일을 조금씩 줄여 가면서 아파트 청소 일을 하셨다. 그때쯤 엄마는 내가 사는 아파트로 이사를 오게 되면서 더욱 힘들어졌음이라. 시간만 되면 아이들 셋인 우리 집의 청소까지 도맡아 하시고 가던 뒷모습이 얼마나 짠했던지.

지금 내가 그 나이를 겪어내고 있다. 나라면 어땠을까. 혼자의 힘으로 세 자식을 결혼시키고 뒷감당을 해내셨던 나의 사랑하는 엄마. 지금도 나는 내 엄마의 그늘이 좋다. 굳이 무엇을 얻고자 하지 않으시며, 그냥 살아내 주시는 엄마가 좋다. 다음에 우리 자녀들이 나이 들어가는 엄마를 과연 좋다고 할까. 곧 부모가 되고 할머니 할아버지가 된다는 사실이 지금은 전혀 와 닿지 않겠지. 그러나 시간은 어김없이 다가오게 됨이라.

# 자존심

　누구나 마음이 다치는 것을 원치 않는다. 치부를 드러내지 않기 위해 발버둥을 쳐댄다. 다름 아닌 자존심이라는 놈을 지키기 위해서다. 친구의 볼멘소리가 문자로 전해져온다.

　'너 그러니까 종칠이가 그렇게 응대하는 거야.'

　동창회 모임에 불참한다고 한 친구에게 '그래도 시간을 내보라'라고 했던 문자 한 통의 불똥이 나에게로 달려들었다.

　'그래서 안 나가.'

　나이가 오십이 지났는데도 막말을 하고 싶어질까. 그런 친구의 모습을 보면서 세상의 잣대가 궁금해진다. 아무리 친한 친구라 해도 상대방에게 예의가 있어야 한다는 생각이다.

　한참 전 친구와 부산 여행을 다녀오면서 나눈 이야기를 되새긴다. 아무리 가족이라도 친구라도 서로 존중하고 사랑하는 노력을 해야 한다고 했던 이야기. 그 말이 귓전에서 맴돈다. 친구와의 관계가 멀어지는 것은 그리 어려운 일이 아니다. 아무리 수많은 시간을 함께한 정이라도 한순간에 무너질 수 있다는 것을 이미 알고 있음이라. 내가 그랬다. 친구들과 서먹한 관계는 좀처럼 좁혀지지 않았다. 그리고 상한 자존심은 다시 회복되지 않는다.

　혹 나 또한 상대방에게 상처 주는 말을 했던 것은 아닌지 점검하고 자신을 들여다봐야 함이라. 내 자존심을 지키려 남의 자존심을 짓밟아 버린 적은 없었는지 돌아봐야겠다.

## 가족여행

　내가 즐기고 싶은 가족여행은 시부모님 생일에 1박 2일로 떠나는 것이다. 나는 집안의 맏며느리다. 툭하면 '이 집 맏며느리는, 맏며느리라, 맏며느리가 어쨌다고'하는 소리를 듣고 산다. 시댁의 가족은 시누이 2명과 시동생 2명, 총 5명의 형제이다. 그중 나는 맏며느리로 모든 행사의 주관자가 됐다. 어쩌다 보니 맡고 싶지 않아도 맡아야 할 책임감이 생겨버렸다. 이것을 누가 쥐어 줬는지도 모르겠지만, 마음의 부담감은 없다. 당연히 해야 할 나의 임무 같은 것으로 생각했다. 다행히 잘 따라와 주는 시동생과 동서들에게 감사하고 고맙기까지 하다.

　그런데 며칠 전 시아버지의 팔순을 앞두고 남편이 시누이와 통화를 했다. 생신상이 어떻게 차려지냐는 질문에 남편이 잘 모르겠다고 하자 시누이의 말 '도대체 며느리가 뭐 하는 거냐, 큰며느리는 뭐 하는데?' 듣지 말아야 할 말을 들었다. 그랬구나, 아무리 노력해도 안 되는 자리가 큰며느리 자리구나. 그날부터 나는 큰며느리 자리를 포기하기 시작한다. 조용한 반란이 내 안에서 시작되었음이라.

　결혼하고 처음 맞이하는 시아버지 생일상을 걱정하고 있을 우리 며느리에게 연락한다.

　'이번 아버지 생일에는 안 와도 됩니다. 문자나 전화로만 축하해 주세요.'

　나도 혹여 며느리에게 무엇인가 바라게 될까 봐 미리 선수를 쳤다. 내가 바라는 가족여행은 시아버지 생일에 1박 2일 가족이 모여 함께 즐기는 가족여행이다. 그래서 나는 열심히 가족 모임 회비를 모으고 있음이라.

# 이혼하기 위해 돈을 벌었더니

　빚으로 시작한 사업은 첫 번째도 실패했고 두 번째도 실패하게 되었다. 우리 가정은 당연히 부채가 쌓였다. 부부 싸움의 발단은 금전적인 이유였던 것 같다. 남편의 마지막 사업에 기대를 걸었던 나는 포기하고 스스로 살아가야 할 일을 찾기 시작했다. 그즈음 동생이 사업을 시작한다며 도시 생활을 접고 시골로 내려온다는 연락을 받게 되었다. 결과적으로 내가 그 사업을 인계받았다. 정말 열심히 물불 안 가리고 사업을 이끌어가자 3년 차에 접어들어 성공의 시작점에 이르게 되었다. 나는 더욱더 확장하고 싶은 욕심이 생겼다. 더 많이 더 빨리 돈을 벌고 싶다는 생각이었다. 결론부터 말하자면 내 집과 내 소유의 재산이 생길 때 이혼하겠다는 결심이 모든 것을 잃게 했다.

　잘못된 투자. 99개를 가진 사람이 1개의 유혹에, 가지고 있던 것까지 모두 빼앗기게 될 줄 꿈에도 몰랐으니. 내 소유가 남의 소유로 넘어가는 것은 그리 오랜 시간이 걸리지 않았다. 돈이 날아갈 때는 날개를 달고 사라졌다. 친정과 지인들과 연결된 부채의 고리는 이혼조차 하지 못하게 만들었다. 부채와의 전쟁은 나를 나락으로 밀어냈다. 돈을 벌어들이기에는 수년의 시간이 필요했지만, 없어질 때는 1년도 채 걸리지 않았다. 처음부터 돈을 벌어야 한다는 생각이 건전하지 못했기에 벌을 받은 것일지도 모를 일이다. 정작 이혼을 위해 돈을 벌어야 했던 것이 돈 때문에 이혼하지 못하는 현실로 부딪혀 옴이라. 모든 것에는 결과보다 과정도 중요하다는 생각과 삶의 건전한 생각이 얼마나 귀한지를 깨닫는 그런 시간임이라. 건강한 사고방식, 건강한 가치에 기준을 둘 줄 아는 자녀들이 되길 소원한다.

# 위기를 기회로 삼다

우리나라가 경제 한파, IMF를 겪었을 때 우리 가정도 한파를 겪어내야 했다. 기업들이 도산하고 사람들이 직장을 잃었다. 우리도 그때 사업이 실패했다. 그러나 경제 한파의 위기는 기회가 되었음이라.

남편이 음료수 대리점을 운영했는데 편의점이 하루가 멀다 하고 새로 생겨났다. 그러자 대리점이 할 일을 잃었다. 매출은 점차 줄어들고 수입도 적어질 때 인수하여 시작한 사업이 지금의 이삿짐센터 일임이라. 주일에는 일을 안 하기로 마음먹고 시작한 사업은 일주일에 내내 일거리가 없을 때도 많았다. 그때는 토요일에도 반나절까지 근무하는 시절이었으니 토요일과 주일에 이사를 많이 했기 때문이다. 일이 들어오지 않으니 마음이 조급해졌지만 난 그 시간을 인내의 시간이라 여기며 어떻게 고객들에게 더 친절히 잘해야 하나를 고민하던 때였음이라. 외환위기를 맞은 대기업들이 도산 후 많은 사택과 회사들이 분리하게 되면서 나에게 기회가 되었었음이라.

지금 나는 또 다른 일을 시작하려 한다. 시간은 머물러있지 않음이라. 또 다른 기회의 때를 기다려보리라. 지금 일이 힘들다고 결과가 느리게 나타난다고 염려할 필요는 없다. 사람은 억지로 기회를 얻어낼 수 없다. 그러나 미래를 준비하는 하루의 삶을 살다 보면 또 다른 기회가 나에게 주어짐이라. 젊은이들이여, 지금이 힘들다고 좌절하지 말라. 반드시 기회는 오고 있음이라.

## 진심으로 산다는 것은

감정이 있는 사람과는 거리를 두고 싶은 것이 사람의 심리이다. 물질의 몰락 앞에 나 또한 가족과 지인들에게 큰 피해를 줬고 거기서 받은 상처들 때문에 가족까지도 외면하고 살 때가 많다. 특히 가족에 대한 상처는 더 크게 올라옴이라. 부끄럽지만 나는 여동생과 이런 사이가 되었다.

자매 간에는 친밀함보다 더한, 귀한 애정이 있다. 나도 그랬다. 서울의 동생 자췻집에 놀러 가 밤새워 먹고 마시고 옛 기억을 떠올리며 즐거워했던 시간들. 동생이 결혼한 후에는 제부와 절친이 되었고 함께 가게도 열었다. 그때까지만 해도 서로 도우면서 살아가는 행복한 미래를 설계했었다. 그러나 그 시간은 그리 오래가지 않았다. 목돈을 갖고 있던 동생과 나는 수익률이 높다는 말에 투자했고, 그 상품의 파산으로 함께 어려움을 겪게 되었다. 급기야는 동생에게 가게를 떠넘기고 돌아서야 했고 아픔의 시간을 견뎌내야 했다.

그러나 더 힘들고 어려웠던 일은 진심을 진심으로 알아주지 않고 거짓으로 받아들이게 됨이다. 아마도 이런 아픔을 겪었기에, 이런 상처를 받았기에, 이런 감정이 있기에 진실한 진심의 말도 거짓으로 보이는 건지도 모른다. 가끔 남편은 거짓을 진심으로 받아들여 사람을 오해할 때가 많다. 그러나 나는 굳이 그것이 잘못되었다고 말하고 싶지 않다. 모든 사람이 진심이라 해도 본인이 진심으로 받아들이지 않는다면 그것은 거짓으로 자리매김한다는 사실이다. 진심과 거짓의 차이는 양심이라는 저울로 저울질해보면 안다.

나도 매일같이 진심을 갈구한다. 내 삶의 하루를 거짓으로 살게 될까 봐 진심 앞에 몸부림을 쳐댄다. 의외로 온전히 진심을 보이고 산다는 것에는 많은 용기가 필요하다. 진심을 감출 때 핑계는 많다. 배려해서, 아니면 불이익당할까 봐. 그러나 결국 죄성(罪性)을 가지고 태어난 죄인의 근성이 있어서는 아닐까. 그래서 더욱 하나님께 매달려 기도하는 것은 아닐까. 내 힘으로 안 되는 것이 있다.

　오늘도 용기 없는 자로 살아가게 될까 싶어 용기를 내본다. 진심과 거짓 사이에서 진심으로 살아내 보자고. 오늘도 내 안의 포장을 벗겨내 본다. 좀 더 진실되게. 나의 자손들에게 부끄럽지 않은 본이 될 수 있는 그런 날을 만들어 감이라.

# 데일 카네기의 '자기관리론'을 읽으면서

왜 나는 이런 책을 진작 읽지 못했단 말인가. 수많은 시간을 머릿속에 있는 알량한 지식으로 잘난 척 똑똑한 척 살아왔던 내 삶이 절망에 부딪히는 날이었다. 딸은 많은 책을 접하고 산다. 그리고 메모하는 습관이 잘 들어있다. 그런 딸을 바라보면서 부럽기까지 하다. 그러다 보니 딸의 책장에 있는 책을 한 번씩 꺼내 보곤 한다.

우리나라 사람 절반 이상이 책을 읽지 않는다는 뉴스를 본 적이 있다. 나도 그 절반 이상에 속하는 한 사람이리라. 지금 와서는 책을 내보고 싶다는 생각에 억지로라도 읽어본다. 그때마다 내 안에서 울림이 울린다. 진작 읽어볼걸, 왜 지금 보게 되었을까 하는 아쉬움이 생기기 때문이다.

진작 경영론을 알았더라면, 예전에 조금이라도 읽어두었더라면 하는 아쉬움이 남는 것은 그만큼 내가 무지했다는 후회임이라. 책은 나의 선생이 된다. 그것을 그때는 몰랐음이라. 온전한 자기관리 없이 무엇을 원했던가. 자기관리가 되지 않는다면 안정을 추구하는 삶의 여정에서 갈피를 잡지 못하는 경우가 많다.

나 또한 그런 사람 중의 한 사람이었음이라. 수익이 있으면서도 더 많이 벌고 싶은 욕심에 네트워크 사업에 손을 벌리고 다른 곳에 투자하고, 일하기 싫다는 생각으로 불로소득을 원했다. 어릴 적 가난했던 시간을 보상받으려던 것이 결과적으로 돈의 노예가 된 셈이다. 입에서 나오는 말보다 더 많이 요구되는 것이 머릿속의 지식임을 깨닫는다. 나는 온통 세상의 중심인 물질을 쌓아두기에 혈안이 되어있었는지도 모른다. 어떻게 하면 부자가 될까, 어떻게 하면 편하게 살까 하고 말이다.

내가 삶의 방향을 잘 잡아가지 못했을 때 내 자녀들에게 삶의 방향은 이것이 아니라고 당당하게 말할 수 있을까. 진정한 자기관리를 통하여 얻어지는 삶의 기쁨을 맛보라 해야 할 텐데 답습된 물질관을 어떻게 벗어내야 하는지 답을 모르겠음이라. 사람은 짐승과 다르다는 것을 알게 됨이라. 분명 자기 관리의 권리와 책임이 본인에게 있다는 것쯤은 알아야 한다는 것이다.

# 57세의 하소연

"사장님 저 좀 만나주시겠어요?"

대기업 임원으로 퇴사한 분의 연락이다.

"저를요?"

"네, 이삿짐 일이라도 해야 할까 봐요."

"그러지 마세요, 연금도 충분히 나오는데 무슨 일을요?"

"연금이 문제가 아닙니다. 갈 곳도 할 일도 없다는 것이 얼마나 힘든 줄 아세요?"

일 때문에 만나게 된 고객님의 하소연이다. 내가 보기에는 아무 걱정도 없어 보였는데 말이다. 자녀들도 모두 결혼했고 재산도 넉넉하고 건강하고. 그러나 정작 만나서 하소연하는 삶의 일상은 행복하지도 불행하지도 않은 삶이었다.

하루의 일과를 열거한다. 나이가 드니 아침에 일찍 눈이 떠진다는 것이다. 할 일이 없단다. 그럼 애꿎은 텔레비전 앞에서 뉴스를 보며 아내가 일어나기를 기다리다 함께 아침을 먹고 높지 않은 뒷산을 운동 겸 올라갔다 온단다. 그러면 점심. 조촐한 점심을 먹고 오후에 도서관이나 기웃거리고 이른 저녁을 먹고 잠자리에 든다고 했다. 57세의 젊은 청년이 조기 은퇴하고 난 후의 삶이라고 하소연한다. 아내와 함께하는 여행도 한두 번이지, 또 아내는 나름의 바쁜 일상이 있어 관여하고 싶지 않다고 했다.

이야기하면서 함께 웃고 또 웃었지만 슬픈 현실이라는 생각이 들었다. 나이 57세 젊은 청년이 일자리 구하기 쉽지 않다고. 차라리 나이를 더 많이 먹었다면 쉬웠을지도 모르겠다고. 어쩜 지금 우리 세대가 살고 있는 현실을 말해주는지도 모른다.

숨이 막혀오게 살아왔던 낀 세대. 우리는 일과 가정밖에 몰랐던 힘겨운 그 세대의 주인공이었음이라. 자기관리도 할 수 없고, 자기의 흥미도 취미도 모를 수 밖에 없었던 세대. 그러니 우리 세대가 노후를 고민할 때, 꿈을 찾는 삶을 생각하기보다는 현실 속에서 먹고살기 부족함 없도록, 안정적인 연금 같은 것들만 생각했을지도 모를 일이다.

아들이 취업하고 얼마 안 되어 했던 말이 기억됨이라.

"중도퇴사하지 않고 정년퇴직하면 노후는 연금으로 보장될 것 같아요."

회사에 헌신하겠다는 뜻인지 아니면 철밥통이라 좋다는 뜻인지. 그래서 지금 공무원 시험에 젊은이들이 그렇게 몰려드는 것은 아닌지. 철밥통이 필요하다는 생각에 말이다. 도전보다는 안주를 생각하는 요즘 젊은 세대를 어떻게 봐야 할지 아직도 잘 모르겠다.

## 나잇값

　노인회장을 맡은 엄마의 하소연을 들을 때가 있다. 노인들이 더 애 같다고. 싸움도 더 많이 하고 삐지기도 더 많이 하고. 내가 물었다. "모두 나이가 몇인데 그래?" 엄마는 "글쎄…….."라고 대답한다. 엄마는 항상 배려하고 다듬어주고 다독인다고 한다. 그래서인지 엄마가 운영하는 노인정은 다툼이 적다고 한다. 사람들은 노인이 되면 애가 된다고 한다. 과연 그 말이 맞다고 생각한다.

　시아버지도 노인회장을 하셨을 정도로 예의범절에 대한 가치관이 뚜렷했다. 강의 도중 뇌출혈로 쓰러지면서 병석에 눕게 되었고 가족과 간병인의 보호를 받게 되면서 어린아이가 되어가는 것을 보게 됨이라. 내면의 어린아이 같은 자아의 발로이리라.

　어느 날 여름, 수박을 먹고 있는데 씨를 거실 바닥에 뱉어버리는 웃지 못할 상황이 벌어졌다. 사소한 일에도 화를 내고, 함부로 말하고. 그런 시아버지를 지켜보자니 내면의 자아가 나이 들면서 성장하는 것이 아니라 퇴보한다는 사실을 알게 됨이라. 관심을 받기 원함이리라. 본인도 모르는 사이 어른이 되었지만, 진짜 어른으로 성장하지 못한 내면의 자아가 환자라는 이유로, 늙었다는 이유로 표출되는 것은 아닐까.

　내 나이의 값은 얼마나 될까. 부끄럽지만 전혀 나잇값을 매길 수 없음이라. 나는 아직도 미성숙한 시간을 살아내고 있음이라. 나잇값을 제대로 하기 위해서는 시간이 지나 겉으로 먹는 나이에 맞게 내면의 자아도 함께 성장해야 함이라. 과연 내 진짜 나잇값은 얼마나 될까.

# 기부자의 마음

사업 자금으로 내가 힘들고 어려웠을 때 선뜻 자기 적금을 해약하여 나에게 투자해 준 언니가 있다. 지금 그것을 발판으로 이 사업을 20년 이상 해오고 있다. 이삿짐센터 사업을 하다 보면 잘 사는 고객도 많지만 힘들게 사는 고객도 적지 않게 만나게 된다. 그러다 보니 가전과 가구 등을 기부하게 됐다. 그때만큼 마음이 뿌듯할 때가 있을까 싶다.

딸과 함께 힘들고 버겁게 하루를 살아가는 고객이 있었다. 직업이 간호사였지만 빚 때문에 급료는 가압류되고 매번 빚 독촉에 시달렸다. 그가 불쌍하여 매번 돕는다고 돕는데도 밑 빠진 항아리에 물 붓기가 됐다. 개인회생도 불가하고 파산은 더더욱 불가한 구제 사각지대에 놓인 힘겨운 가정이 신경 쓰이는 것이 사실임이라. 그래서 초록우산 재단에 알렸다. 나도 가입된 단체이니 혹 기부를 받을 수 있을까 하는 마음에서다. 연말이면 많은 기부자의 훈훈한 이야기가 들려온다. 나도 그 반열에 동참하고 싶다. 큰 액수는 아니지만, 마음껏 기부하는 시간을 가졌다. 분명 고아와 과부와 가난한 자를 도우라고 명령하신 하나님의 말씀을 이행함이라. 누구나 받으려고만 하고 주려 하지 않는 인색함의 세상을 보지만 연말연시에라도 기부하자는 기부의 목소리가 커지길 원해봄이라.

12월이면 보이는 구세군의 자선냄비를 우리는 외면하지 않았으면 한다. 수많은 지출이 술과 유흥으로 흥청망청 쓰인다. 누군가는 힘들고 지쳐 쓰러지는 이웃도 있음을 알고 그들은 도울 줄 아는 넓은 마음이 많아지기를 원함이라. 너도나도 서로가 돕는, 행복한, 그런 사회가 되고, 가정이 되었으면 하는 바람이다.

# 운동은 필수

사업을 하다 보니 정기적인 모임 한두 개는 가입하게 된다. 처음 가입한 한 곳은 어린이 재단에 기부하는 모임이었다. 모임을 하면 할수록 건전한 모임임을 알게 된다. 모임을 마치고 흔히 2차 자리가 진행되는데 그런 것이 없는 모임이라 다행이었다. 회비가 모여져 어딘가에 기부되고 인재를 발굴하여 양성하는 일이 이루어지니 마음마저 부자가 되는 느낌이다. 그런 모임에서 산행을 했다. 겨울의 문턱인데도 산행하기에 좋은 봄날을 연상케 한다. 서로 담소도 나누고 넓은 자연도 느끼면서 나에게 주어진 건강이 얼마나 감사한 일인지 다시금 깨닫는다.

나이 오십이 넘어서니 체중이 늘어나는 것을 실감한다. 항상 건강검진에서 몸무게를 확인하면 내 나이에 10㎏은 더 빠져야 하는 과체중이다. 그러니 식단조절만으로는 체중을 관리하기에는 무리가 있다. 아침을 먹고 나면 눕고 싶다는 생각이 가득 차기 시작한다. 삶의 게으름은 나를 살찌게 한다.

그럴 즈음 과감하게 헬스장 회원권을 끊게 되었고 싫든 좋든 운동을 하러 가게 되었다. 가까운 거리에 사는 엄마에게 동행을 청하자 흔쾌히 허락하심이라. 가고 싶지 않아도 엄마와의 약속이기에 열심히 다니게 되었다. 그 결과 헬스장에 인사할 수 있는 멤버도 생기고 할당량의 운동도 즐기면서 할 수 있는 여유가 생겼다.

그토록 싫어했던 운동이 일상의 시작이 됨이라. 운동을 마치고서 얻는 성취감은 느껴보지 못한 사람은 절대 알 수 없을 정도로 벅차다. 그 덕에 나는 원하는 몸무게를 유지할 수 있었고, 산행하는데도 몸에 무리가 가지 않는다. 중년에 제일 큰 걱정이 운동 부족으로 인한 질병이다.

나는 오늘 산행을 하면서 느낀다. 운동의 결과는 벌써 몸이 알아차림이라. 건강한 육신, 그것은 자녀에게 물려주어도 되는 자산이다. 부모의 질병은 자녀들에게 걱정거리가 된다. 아들 녀석이 매일 안부로 묻는 말, '두 분 건강하셔야 해요'.

어찌 보면 본인을 위한 말인지도 모른다. 아무래도 그 책임은 자식 몫이 될 수도 있기 때문이다. 그랬다, 우리의 질병은 자녀를 힘들게 하는 짐이 된다. 건강하자, 나를 위하여 자녀를 위하여 모두를 위하여. 그러니 운동은 필수.

# 어른 연습

언성이 높아졌던 어느 날, 남편이 날을 세우며 한마디 한다.

"이제 자녀들도 결혼했는데 성격 좀 죽이시죠."

"화가 나는데 어떻게 성격을 죽여요."

대꾸하며 더욱 큰 소리를 냈던 하루가 생각난다.

자녀들이 결혼하면서 나도 어른이 되어간다고. 그러나 어른도 연습이 필요하다. 지금까지 내 뜻대로 대했던 자녀들도 가정을 이루었으니 존중으로 세워져야 함이라. 먼저 호칭부터 바꿔야 한다. 그냥 스스럼없이 불러댔던 이름에 존중을 불어 넣어야 하고 분가된 가정의 가장으로 인정해주어야 한다고 생각한다. 얼마 전, 지인이 사위의 이름을 함부로 부르면서 격 없이 대화하는 모습을 보면서 저건 아니라는 생각이 들었다. 특히 사람이 많은 곳에서는 더더욱. 혹 사람들에게 친하고 허물없어 보이려 그랬는지는 몰라도. 나는 그 이후 사위의 이름을 함부로 부르지 않으려 하고 며느리의 이름도 함부로 불러대지 않으려 한다. 어른은 그냥 되는 것이 아님이라.

연습이 필요했다. 여러 사람이 모이는 가족 행사에는 더욱 언어를 조심해야 한다고 생각한다. 보이지 않는 과시가 나를 교만하게 만들고 사람의 인격을 무시하는 말로 나타나고 갈등을 유발할지도 모른다고 생각했다.

친정엄마 생일을 보내고 딸에게 전화를 받았다.

"엄마, 말 좀 조심해주셔요"

뜬금없는 한마디가 나를 서운하게 한다. 사실 뭐라 했는지 생각도 나지 않는데 며느리에게 한마디 한 게 신경을 건드렸나 보다. 그랬다, 내가 아무렇지 않게 내뱉는 말 한마디가 며느리에게 상처가 되고 그 상처가 아물지 않으면 '시댁'의 '시'자도 싫어진다는 것임을 알게 되는 계기가 된다. 나이만 먹은 어른이 아니라 인격적으로 존중받는 어른으로 세워지기를 원함이라. 먼저는 남편과 나와의 대화법부터 고쳐 나가야 함이라. 내가 한 살 연상이라는 이유도 있지만 우리는 흔히 반말로 대화했다. 그 습관을 존대로 바꿔봐야겠다. 그리고 무슨 말을 하든 진정성 있게 들어주고 존중하는 습관을 연습해야겠다. 쉽지 않을 또 다른 30년의 세월. 이제부터 우리는 어른 연습에 돌입해본다.

# 집밥

　연말이 다가오니 여러 모임에서 한해 마무리를 알리는 문자가 많이 온다. 그렇게 이어지는 연말연시 식사 자리. 요즘처럼 풍부한 먹거리를 누리는 세대는 없다고 본다. 소위 '먹방'이 채널마다 호황을 누리고 '셰프'들 마다 갖가지 요리를 내보이는 기교가 대단하다. 그러니 젊은이들의 꿈에 '셰프'가 많아지는 것이겠지. 어디를 가더라도 먹거리를 우선 검색할 정도니 말이다.

　가족여행으로 제주도를 갔을 때도 몇 시간을 기다려야 하는 갈치 정식집을 찾아 나섰고 비가 옴에도 기다리던 것이 생각난다. 이렇듯 젊은이들은 먹고 싶은 먹거리에는 기다리는 시간도 아까워하지 않는다. 나 또한 남편과 집에서 밥을 준비해 먹는 것보다 편하고 저렴하니 하루 한 끼 이상은 외식을 하는 것 같다. 그러나 언제부터인지 집밥이 그립다. 아무리 줄을 서서 먹고 근사한 차림으로 상이 준비되어도 집에서 해 먹는 김치찌개가 왜 그리 맛있는지. 별다른 반찬이 없어도, 건강식이 아니더라도 내 집에서 쭉쭉 찢어먹는 김장김치의 맛을 그 어느 것과 비교할 수 있을까.

　오늘도 남편이 전화한다. "저녁 먹자 밖에서." 그러나 나는 솔직히 싫다. 내 집에 준비된 집밥이 제일 맛있다는 것을 알기에 나는 벌써 식탁에 밥을 차려내고 있다. 나이가 들어간다는 뜻일까, 그래서 입맛도 변하는 걸까. 외국 여행에서 돌아오실 때마다 시어머니는 말했다. "집에 김치찌개 준비해 놔라. 내 집에서 먹는 밥이 제일 맛있다." 먹방도 가끔은 좋다. 그러나 지금은 집밥이 더 그리운 계절이다. 잘 익은 김장김치가 매번 우리 식탁에서 기다린다.

## 마니또 게임

크리스마스이브의 저녁은 나이와 상관없이 마음을 들뜨게 한다. 소원이 이루어질 것 같은 환상. 그러나 교회를 다녀오는 것 이외에는 아무런 일도 일어나지 않는다. 그런 어느 날 큰딸이 크리스마스에 선물과 손 편지를 나누는 마니또 게임을 하자는 제안을 했다. 어떤 선물이 나에게 올지 또 어떤 내용의 편지가 도착할지 두근거렸다. 전해지는 선물의 금액은 정해져 있다. 2만 원 미만. 올해는 아들이 내 마니또가 되었다. 50세를 지나니 시작된 탈모가 신경 쓰였는지 탈모 샴푸를 선물해 주었고 '엄마 건강하세요'라는 짧은 내용이 전부이다. 그래도 사랑의 마음을 전달받아 감동이었다. 내 마니또는 큰딸이었다. 어렸을 적 상처가 남아있는 딸에게 바비 인형을 선물했고 사랑의 편지를 남겼다. 지금까지 그 인형을 끌어안고 산다. 가족은 사랑에 목말라 있다. 억지로라도 사랑을 표현하는 연습을 해야 한다. 많은 것을 씻어 내주는 역할을 하게 된다.

이제 새 가족의 입성으로 더 많은 사람이 가족의 인연을 맺게 된다. 마니또 게임은 할 수 없을지 몰라도 서로에게 격려와 위로가 있는 가족이 되길 연습하고 실천해야 함이라. 자녀들보다 어른이 되어가는 나와 남편이 솔선수범, 우리가 솔선수범을 보여야 본이 될 것을 알기에 조금은 부담스럽기도 하지만 내 안에 마니또를 올해도 정해본다. 혹여 상처받고 치유 받지 못한 가족을 마니또로 정해보리라. 그리고 표현해보리라 사랑한다고. 마음의 편지를 써 내려가 본다.

# 시댁과 친정의 갈등 요소는?

사촌 결혼식이 있는데 축의금을 얼마나 해야 하나. 정해진 금액은 없지만 이렇게 의논을 하게 되는 것 같다. 그때마다 남편에게 들었던 말이 "뭘 그리 많이 해 부담 가게, 부조금만 보내. 장거리라 피곤한데 굳이 갈 필요 없지."였다. 이런 말을 예사로 듣게 되는데 그 말이 왠지 나를 생각하는 말이 아니라 빈말같이 여겨지는 이유를 모르겠다. 시댁에서 이루어지는 일은 항상 부조금의 액수도 넉넉하다는 느낌을 받게 된다. 팔은 안으로 굽는다는 말이 이때를 두고 하는 말이 아닐까. 그러니 항상 마음 한구석이 비어 있을 때가 많다. 나는 친정보다는 시댁을 우선에 두고 산다고 해도 과언이 아니다. 나에게 무엇이 생겨나면 친정보다 시댁에 보내졌다. 지금도 그 마음은 변함없는데 남편은 그렇지 않은가 보다.

'82년생 김지영' 영화를 보게 됐다. 시댁에서의 명절. 며느리를 잡아두고 싶은 시부모, 친정으로 가고 싶은 며느리. 결과적으로 며느리의 분노를 보게 된다. 시댁과 친정을 따로 보지 않는 관점을 키울 수 있는 마음의 여유가 있다면 얼마나 행복할까. 결혼한 자녀들이 존재한다는 것은 반드시 친정과 시댁의 어른들이 존재한다는 사실을 의미한다. 우리는 그 사실을 망각한다. 혹, 이 이유로 아들과 며느리가 갈등을 빚는다면 아들에게 과감히 말하리라. 처가부터 챙기라고. 근본이 어디에서 왔는지 바로 알았으면 하는 지혜로운 아들이 되기 원함이라.

## 모든 것이 나의 가치 기준으로 맞춰진다

딸의 책장을 우연히 살피는 계기가 생겼다. 책을 내려고 하니 그만큼 다른 책도 기웃거려봐야 한다는 생각이 들었기 때문이다. 내가 가지고 있는 책보다 양이 많아서이기도 하지만 젊은 세대들에게 읽히는 책이 궁금하기도 했다. 살펴 보니 모든 책의 종류가 '나'를 중심으로 세워진다는 것을 알게 됨이다.

'나는 나로 살기로 했다', '너는 나에게 상처를 줄 수 없다', '나는 뻔뻔하게 살기로 했다', '내 마음 다치지 않게', '나는 단호해지기로 결심했다', '82년생 김지영'.

모든 책의 종류가 '나'를 가치 기준으로 두고 있다. 유난히 딸이 이런 책을 좋아해서 그런지 아니면 요즘 세대가 그런지는 알 수 없지만, 책장을 넘길 때마다 한결같이 '말하고 싶으면 말해라, 참지 마, 왜 내가 그래야만 하는데.' 식으로 나라는 존재는 나로 살면 된다는 지극히 배타적인 언어들이 나를 당황하게 한다. 그 안에도 협동의 단어는 찾아낼 수가 있지만, 그 미묘한 감정의 변화를 눈치채기는 어려울 것 같다.

나만의 가치 기준. 그것이 지금 이 시대가 요구하는 것일까. 베스트셀러였던 '미움받을 용기'라는 책의 신드롬을 이해할 수 있음이라.

모든 것에 감사하는
너그러운 마음으로 세상을 바라보자

## 하나님에게 배운 감사 그리고 또 감사

나는 아침형 인간이다. 새벽 5시 전에는 어김없이 일어나 하루 생활을 계획한다. 잠시일지라도 묵상을 기록해둔다. 그리고 읽기 시작한 필독서 성경. 사람은 힘든 시기를 만나야 신을 찾는다고 한다. 나 또한 그중 한 사람이다. 스스로 교회를 찾아갔다고 해도 과언이 아니다. 존재의 이유를 모르고 그저 동물처럼 살아간다면 굳이 살 필요가 없다는 결론을 스스로 내고 있었으니, 불교도 천주교도 개신교도 거기다 이단이라 칭하는 곳까지 기웃거렸는지도 모른다. 그중에 나는 기독교에 발을 들였다. 처음에는 복받기 위해서, 더 솔직히 말해서 어떻게 부자가 될 수 있을까 하는 나의 욕심 때문에 선택하게 된 종교.

그렇게 10년도 넘게 기복주의 신자가 되어 해결되기만 바라고 외쳐댔던 기도. 그러나 매일 읽은 성경 말씀을 통해 감사를 배우기 시작했다. 나의 메마른 정서에 생기가 돌고 내가 죄인 됨을 깨닫고 또 모든 것이 은혜라는 사실을 배우고 또 내 뜻대로 주어지는 일보다 신의 영역이 더 많다는 것을 알게 되었음이라. 내가 사람을 의지했더라면, 내가 누군가를 붙잡았더라면 그 안에서 실망하고 또 다른 절망으로 내던졌을지도 모를 일이다.

나는 사람을 의지하지 않는다. 고로 외롭지 않다. 그것이 나에게는 감사 그 자체이다. 나는 천지 창조의 세계를 알게 되었다. 내가 누구인지 어디로 와서 어디에서 가는지를 바로 알 수 있는 지혜를 허락하신 나의 신께 감사한다. 모든 사람에게 어느 종교든 하나를 선택해보라고 권면하고 싶다. 나처럼 하나님을 온전히 만난다면 행복할 듯도 하다.

# 김장

한 해 중 가장 큰 행사는 김장이다. 우리는 매년 김장 배추를 밭에 심어 추수한다. 그러다 보니 몇 포기를 담아야지라고 정하는 게 아니라 자라나는 대로 김장을 한다. 대략 500포기 정도 한다. 거기다 총각김치, 계국지, 동치미 등 대형 식당에서나 사용할 만큼의 분량이다. 자녀가 다섯 명인 가정에서 이루어지는 김장은 노동 그 자체이다. 일주일 전부터 시작되는 일. 배추 뽑기, 절이기, 양념 다듬기. 이런 일들은 남자들이 담당한다. 여자들은 당일에 버무리는 일만 하면 된다. 그러니 김장에 대한 부담감이 없어진 지 오래고 하나의 집안 행사가 됐다. 일은 분담하면 즐겁게 할 수 있다. 그러면서 나눔까지 이어진다. 혼자 사는 직원, 어려운 이웃 등 나누다 보면 즐거움이 배가 된다.

올해는 배추 농사가 그리 잘되지 않아 250포기를 하게 됐다. 그래도 나눈다. 김장이 부담되지 않고 나눔의 기회를 누리는 우리 가정은 최고의 행복을 느낄 것이다. 나도 나누고 너도 나누고, 그런 삶이 추억으로만 남을까 염려됨이라. 지금은 각 가정에서 숨소리도 안 내고 김장을 한다. 절임 배추로 간소하게. 나는 김장을 준비하고 나눠주는 것에 인색하지 않은 우리 집 남자들에게 고맙다고 응원하고 싶다.

## 동창회

1년에 한 번 모이는 초등학교 동창회가 곧 열린다. 그때 그 시절은 모두가 가난하고 힘들었던 시절이었기에 모두가 한마음이 되는 추억이 있다. 모일 때마다 누가 누굴 좋아했고 누가 미웠고 누가, 누가 하는 이야기꽃이 만개한다. 그래도 전혀 상처 되지 않고 한바탕 웃음으로 넘어간다. 그런 그들과 함께함이 마냥 좋다. 추억은 추억을 낳고 또 이런 일들이 서로에게 힘이 되는 것이다. 이제는 나이를 먹으니 애경사가 많다. 부모의 상고, 자녀들의 결혼. 그러니 1년에 한 번보다 얼굴을 볼 기회가 많아진다. 친구 하나가 지난번 아들 결혼식에서 동창들 잔치를 했다고 떠들어댄다. 딸 결혼에도 잔치를 열 예정이라고. 그래도 밉지 않은 친구들이 나의 어린 시절 동창들임이라. 서로 견줄 것도 없고 부러워할 것도 없는 순수함 그 자체로의 만남. 자랑이 아닌 어릴 적 추억 속으로의 여행을 즐긴다고 할까. 우리의 추억들은 귀하다.

중년의 나이에 검은 머리는 염색을 했다고 떠벌리며 곧 할아버지가 된다고 할머니가 된다고 떠들며 이름을 불러주는 친구들이여. 내년에도 또 모이겠지. 그때도 여전히 달라졌다고 말하지 못하겠다. 만날 때마다 어릴 적 추억 속으로 빠져드는 우리의 모습을 보니. 그렇게 아프지 말고 살아내 보자, 내년을 기약하면서.

# 내 집을 기꺼이 개방했기에

나는 교회를 다닌다. 주중에 한번은 우리 집에서 가정예배를 지냈다. 그러나 요즘은 전적으로 교회에서 가정예배를 드린다. 얼마나 우스운 일인가. 모두 자기 집을 개방하기 싫어함에 생겨난 현상임이라.

나는 이삿짐을 운반하는 사업을 한다. 그러다 보니 각자의 취향에 따라 잘 꾸며진 집들을 보게 되는데 과연 누구에게 보이려는 것인지 생각해 본다. 몇억을 호가하는 아파트를 구입하고도 부족해 본인의 취향에 따라 부수고 새로 고친다. 새로 입주하는 세대의 진기한 풍경이다. 취향이 아니라고 색깔이 안 맞는다고. 누구에게 보이고 싶은 걸까. 요즘은 내 집을 무슨 아방궁으로 꾸며 놓고 내 가족만 즐기는 그런 세대가 되었음을 부인하지 못하겠다.

나는 이번에 집을 개방하기 위해 주방을 개조한다. 12인용 식탁과 탁 트인 거실로. 많은 사람이 찾아와 안식처가 되고 상담처가 되는 그런 곳으로 만들어 볼 예정이다. 누구나 마음껏 와보라고, 이것이 내 삶의 여유이지 않을까.

# 바닥까지 내려갔으니 이제 치고 올라와야지

오늘처럼 하늘이 까맣고 비가 부슬부슬 내리고 춥기까지 하면 나는 벌써 몸을 움츠린다. 나만의 공간을 만들기 시작하는 것이다. 딸이 유기견인 '졸리'를 데려왔을 때 개집에서 한 발도 나오지 않고 웅크려 내 눈치만 보던 그 모습이 딱 지금 내 모습이다. 스스로 감옥을 만든다.

두려움이다. 나는 두려움에 익숙하지 않았다. 투자 실패 후 건강했던 내 자아는 곤두박질치며 낭떠러지로 떨어졌다. 그렇게도 당당하게 세상 앞에서 큰소리치던 내가 골방에 숨어 수많은 시간을 보냈다. 어떻게 하면 이 시간을 빨리 잊을 수 있을지 고민하다가 결국 자살까지 생각했다. 그때는 당대 최고의 여배우의 자살을 포함한 안타까운 사건이 많았던 때였음이라.

아무도 없는 차단된 공간은 나를 자살로 몰아넣기에 부족함이 없었다. 아무리 계산해도 부채는 줄어들지 않았고 매일 걸려오는 독촉 전화. 더 이상은 떨어질 곳이 없다고 생각했다. 그렇게 자살을 결심했다. 소주 세 병과 번개탄을 사려는데 편의점에서는 번개탄을 판매하지 않는다고 했다. 그래 오늘은 아니고 내일이구나, 그래 하루만 더. 그리고 그날, 친구에게 문자가 왔다.

'경숙, 뭐해? 바닥까지 내려갔으니 이제 치고 올라와야지.'

그 말 한마디가 나에게 살아갈 소망의 불씨가 되었다. 그랬다. 누군가의 한마디. 그것은 꺼져가는 생명을 구하는 불씨가 되었음이라. 소망의 글이 생명의 불씨가 될 수 있음을 배웠고, 지친 영혼을 위로할 수 있는 용기를 가지게 되었음이라.

# 끊임없는 실패

하루에도 수십 번 신기루 같은 삶을 꿈꾸지만, 매일같이 날아드는 것은 실패라는 단어다. 신혼을 지나면 바로 집이 생겨나고 아이가 생기면 바로 자라 효도할 것 같았다. 인생을 달콤한 경주라고 쉽게 생각했었다. 나에게는 절대 실패의 삶은 없을 것이라는 생각. 그 생각은 생각뿐이었음이라.

아들 집에 간 적이 있다. 아들이 '몇 년 후에는 몇 평으로 이사를 하고 몇 년 후에는…….' 하는 자기 계획을 말해준다. 어떻게 보면 정년을 보장해주는 직장에 입사한 안정감 때문일지도 모른다. 그러나 나는 속으로 '한번 살아 보아라, 뜻대로 되지 않는 것이 인생이란다.'하며 헛웃음을 지은 일이 있었다.

과연 실패가 없는 삶이 얼마나 될까. 건강이나 자녀 문제, 또는 금전적으로, 실패는 끊임없이 달려들지도 모를 일이다. 그 끝없는 실패와 함께하다 보니 벌써 반백 년을 내달려 와 있다. 앞으로도 어떤 실패들이 나를 옭아맬지 모를 일이다. 미리 걱정하지 말자. 무릎 꿇을 일은 아닐 것이기 때문이다. 실패는 보상이 주어지기도 한다는 사실을 기억하자. 나 또한 수많은 실패 속에서 인생을 배웠고, 지금은 그것이 밑거름되어 나를 살게 하는 양분이 되었음이라. 실패 없이 마무리되어가는 이 하루도 그렇게 얻어졌던 시간은 아닐까.

# 빈손

아기가 태어났다는 소식을 들었다. 아무것도 없는 알몸으로 태어났다. 나도 그렇게 태어났었다. 그러나 지금은 무엇인가 움켜쥐려는 끊임없는 욕망에 날마다 갈등하며 살고 있다. 많은 것을 소유하고 싶은 욕심. 인간은 무소유보다는 소유를 원하는 근성을 가진 것 같다.

지인의 별고 소식을 들었다. 흔히 말하는 금수저를 물고 태어난 사람이다. 잘생긴 외모와 부자 소리를 들을 만큼의 자산. 그러나 장례식장의 고인은 한없이 작아 보였다. 입양해서 키운 자식은 연락처도 없고, 아는 지인 몇 명이 모여 고인과 작별을 한다. 바로 발인을 하니 빈소도 차려지지 않았고 바로 염을 하고 장지로 떠났다. 이런 인생의 마지막을 접하다 보니 이제야 이 땅에 내려올 때 빈손이었다는 것을 깨닫게 된다. 그분의 삶에 우여곡절이 많았다는 것을 나는 알고 있기에 더욱 마음이 아팠다. 그리고 홀로 남겨진 배우자. 그들을 탓하는 것도, 정죄하는 것도 아니다. 아무리 화려한 장례식장에서 마지막을 보내더라도 결국엔 빈손으로 가는 인생임이라.

나는 과연 어떤 '끝'을 맞이하게 될까. 나도 빈손으로 가게 됨을 안다. 내가 지금 해야 할 일은 빈손을 준비해야 하는지도 모른다. 움켜쥐고 있는 것도 없는데 무엇인가를 매일 채우려 애쓰며 산다. 미래가 보장된 안락한 노후를 꿈꿀지도 모른다. 그것이 또 다른 소유라는 사실. 많은 사람이 내 나이쯤 되면 부모의 재산을 차지하려 쟁탈전을 벌인다. 나이를 먹어도 사라지지 않는 욕심. 나도 그 자리에 머물러 있을 때가 많다. 과연 빈손의 죽음을, 잘했다 칭찬받을 만큼 해낼 수 있을까. 지금부터라도 빈손으로 떠나는 연습을 해야 할 것 같다.

# 보약보다 좋다는 전화 한 통

전화 통화 끝에 엄마가 했던 말 '보약 한 첩 먹은 것 같다'. 누구랑 통화했냐고 물으니 며느리의 전화라고 말하면서 추운 날씨에 걱정해주어 고맙다며 흡족한 표정이 정말 보약 한 첩을 드신 모양과 같다. 오늘 갑자기 추운 날씨가 더 추워졌다. 현장에서 일하는 남편이 마음에 걸렸다. 유난히 더위와 추위를 싫어하니 더욱 마음이 무거워진다.

늦은 저녁, 일을 마치고 쉬고 있는 남편이 넌지시 말한다. 며느리에게 전화 안 왔냐고. 못 받았다고 하니 며느리한테 전화 받았다면서 힘든 일정이었는데도 기분이 좋아 보인다. 며칠 전부터 며느리 얼굴과 목소리를 잊어버릴 것 같다고 푸념하더니 별수 없이 나이가 들어간다는 생각이 든다. 바쁘게 살 때는 군대 간 아들이 전화해도 바쁘니 안 받겠다고 미뤄대더니 지금은 자식들의 전화에 목을 매고 있는 것 같다. 나 또한 그리 살갑지 않으니 별일 없으면 전화하지 않게 되는데, 서운해하셨을 부모에게 송구하다. 그러니 모든 일은 겪어봐야 한다는 생각이 든다. 누가 시키지 않아도 센스 있게 살아내 주는 며느리가 고마웠다. 카톡에 이렇게 글을 남겼다.

'어제부터 추워진 날씨가 오늘도 춥구나, 출근길 잘 챙겨 입고 나가라. 어제 아버지한테 전화해주어 예쁘고 고맙더구나.'

며느리에게 답장이 이렇게 왔다.

'자주자주 전화 드릴게요. ㅎㅎㅎ 오늘도 좋은 하루 보내세요.'

혹시 다음에 또 전화하라는 무언의 압박으로 읽힌 건 아니었을까. 그래도 어제보다 추운 날씨에도 기분 좋게 현장으로 달려가는 남편을 보니 보약을 두 첩은 먹은 것 같다.

# 메리 크리스마스

　식탁 위가 크리스마스 준비물로 가득 찼다. 딸아이가 밤을 새워가며 무엇인가 만들었다. 어지러운 식탁과 냉장고는 전쟁터를 방불케 했다. 내가 어렸을 때는 크리스마스가 어떤 날인지도 모르면서 가슴이 뛰었다. 산타 할아버지가 우리 집 굴뚝에서 나타날 것 같은 기대감으로 뜬눈으로 밤을 새운 적도 있었다. 지금은 흔한 크리스마스 장식을 볼 수도, 캐럴을 들을 수도 없는 시대가 되었다. 그만큼 시대가 냉랭한 것인지 마음들이 변화한 것인지 모르겠다. 교회에서조차 24일부터 했던 크리스마스이브 행사가 없어진 지 오래고 새벽의 순회 캐럴이 들리지 않은 지도 오래다. 세상이 삭막해서일까. 시간의 흐름에 따른 변화일까.

　나도 작년까지만 가족끼리 모여 마니또 게임을 하고 식사도 했지만, 자식들이 결혼한 지금은 각자의 독립된 가정의 구성원으로 세워지니 모임은 기대도 안 하게 된다. 가족 모임이 없어지는 세대. 또 모인다 해도 직계가족만이 모여지는 시대를 살고 있음이라. 홀로 세워지는 가정들이 많아지는 이 시대에 어떤 의미를 가족이라 해야 하나를 고민하게 된다.

　종교로 모이는 것이 가족일까, 아니면 친목 도모로 모이는 것이 가족일까. 그것도 아니면 동아리인 걸까. 어떤 형태든 가족은 있기 마련인데 이 땅에 온 예수님은 가족의 의미를 무엇이라 말하실까.

## 이순신 장군의 난중일기

요즘 남편은 유튜브로 '읽어주는 역사서'를 듣는다. 세상이 변하면서 읽어주는 프로그램이 생겨나니 책을 읽는 것보다 듣는 것이 편해졌다. 검색만 하면 정보를 얻는 시대가 신기할 뿐이다. 토요일 새벽, 잠이 없는 남편이 이순신의 난중일기를 듣게 된다. 옆에서 자는 나도 당연히 깨어나 함께 듣게 되는 시간을 가졌음이라.

평상시에도 일기를 썼던 습관이 있었음을 짐작할 수 있다. 전쟁 속에서도 일기를 기록해두었고 그것이 하나의 역사기록이 되는 책이 되었음이라. 많이 듣지는 못했지만, 진두지휘를 해야 하는 장수의 고충과 노모와 가족을 그리워하고 안부를 궁금해하는 '인간' 이순신 장군이 느껴진다. 기록하는 습관, 이것이 얼마나 귀한지 깨닫게 되는 시간이었다.

나는 기록을 잘하지 못한다. 귀로 듣는 것은 열심히 하지만 메모하는 습관은 결여되어 있다. 다른 사람에게도 많이 지적받았지만 고쳐지지 않는다. 말이 앞서지 않고 듣는 연습을 하려면 기록하는 습관을 가져야 한다. 말만 잘하는 사람은 진정성이 없어 보이기 때문에 사람들에게 실수도 잦고, 그만큼 인정받지 못한다는 것을 알면서도.

이순신 장군은 장수로서 위상과 전쟁의 승리를 이끈 지혜도 대단했지만, 하루하루 기록한 일기가 더 대단해 보인다. 그러니 지금까지 우리들의 우상이 되고 잊히지 않는 장수로 남아있는 것은 아닐까. 나도 기록해 두는 습관을 길러봐야겠다.

# 넓은 평수의 집을 포기하고

넓은 평수의 집이 부러웠다. 19평형 아파트에서 벗어나 32평형 아파트로 이사했다. 그러나 그 평수도 살다 보니 그리 크지 않다는 생각이 들었다. 다시 더 큰 평수로 이사를 하고 싶어졌다. 그랬다. 무조건 넓어야 하는 거실과 마음껏 활용할 수 있는 서재가 필요했다. 그러나 자녀들이 출가하고 빈 곳이 늘어나니 넓은 집이 짐스럽게 느껴진다.

오늘 넓은 평수의 아파트를 매매하고 작은 평수의 아파트로 거주지를 옮기는 내 연배의 중년 부인을 만나게 됐다. 1년 전부터 매매로 내놓은 아파트가 너무 넓다는 이유로 거래가 성사되지 않아 마음 졸였다고 하면서 몇천만 원 손실을 보더라도 매매하기로 결단했다고 한다. 자녀들의 가족이 오갈 걸 생각해서 넓은 평수의 아파트를 구입했더니 1박도 안 하고 자기 집으로 돌아가기에 둘만 오붓이 살 수 있는 평수의 아파트를 다시 선택했다고 한다.

우리나라 50~60대의 중년은 조금은 과시하고 싶어 한다. 세상에 보여줄 것이 넓은 평수의 아파트였고 TV 같은 고가의 가전과 고급 가구도 과시하는데 한몫한다. 지금도 초등학교에서 어느 아파트, 몇 평에 사느냐고 설문한 것이 문제가 되어 인터넷을 뜨겁게 달구는 일이 비일비재하다.

남을 의식하며 비교하며 사는 문제. 지금은 그런 비교보다는 현실로 돌아가야 한다. 내 기준에 맞은 평수의 집. 남의 시선에 맞추는 것이 아닌 내 삶을 영위하는 데 지장이 없을 공간. 즉, 우리들만의 공간이 있어야 하지 않을까. 오늘 이사를 준비하는 중년 부인의 지혜가 더욱 새롭게 보인다.

## 부모 생각하기

사랑은 내리사랑만 존재하는 것 같다.

토요일 오후, 한가한 시간을 맞이하게 되면서 딸이 맡겨놓은 반려견을 지켜내고 있다. 장기 외출을 하게 되면 혼자 남는 강아지가 신경 쓰인다. 특히 이번에는 피부 질환이 생긴 터라 약 먹일 시간도 중요했고 산책도 챙겨야 했다. 그 강박관념이 나의 마음을 버겁게 만든다.

옆에서 자고 있는 반려견을 지키면서 엄마 생각을 잠깐 한다. 내가 살면서 혼자 사는 엄마 생각을 얼마큼하고 사는지. 혹 전화라도 오면 아프다고 하면 어쩌지 하는 부담감이 먼저 들었던 기억들이 스친다. 옛말이 맞다. 사랑이 거꾸로 올라간다는 것은 쉽지 않음이라. 며칠 반려견을 맡겨놓고 간 내 딸도 반려견의 안부는 궁금해도 내 안부에는 관심조차 없을 것이 분명하다.

부모가 자식을 사랑하는 마음의 일부만큼 자식이 부모를 사랑하기란 쉽지 않음이라. 나부터도 부모 생각보다 자녀 생각을 많이 하고 있으니 말이다. 오늘은 엄마가 좋아하는 통닭 한 마리와 막걸리 한 병을 준비하고 깜짝 이벤트를 해봐야겠다.

## 사랑으로 쥐여 주시는 용돈

입대한 조카가 1박 2일의 휴가를 나온다. 엄마는 손주의 휴가를 기다린다. 요즘은 휴가 때 친구들과 어울릴 수 있도록 배려하는 사람이 많아진 것 같다. 조카도 친구 두 명과 할머니 댁을 방문하게 된 것이다. 아침에 휴가를 배정받고 동생이 차로 이동을 도와 바닷가 횟집에서 점심을 먹고 왔다고 했다. 나도 휴가 나온 조카를 보려고 친정으로 간다. 저녁을 먹고 치킨과 맥주라도 먹게 주문해 주고 조카와 친구들만 있을 수 있게 엄마는 다른 곳에서 1박을 하게 됐다. 지금은 군대가 예전과 다르다는 생각이 든다. 억압보다 자유가 더 주어지는 느낌이라.

내가 결혼을 하고 시댁에서 함께 살고 있을 때 시동생이 군대에 갔다. 입소하는 그날을 나는 잊지 못한다. 본인이 받은 용돈과 편지를 건네면서 인사하던 뒷모습이 아직도 눈에 선하다. 그 편지를 읽으며 얼마나 울었던지. 시댁에서 사는 내가 안타까워 보였던 것 같다. 그런 시간이 엊그제 같은데 내 아들은 이미 군대를 제대했고 이제 조카들이 하나둘씩 입소한다는 연락이 온다. 이만큼 세월이 흘렀다. 오늘 엄마가 돌아가는 조카의 손에 용돈을 쥐여 준다. 나는 그 모습을 보면서 입대하는 시동생에게 내가 줬어야 할 용돈을 오히려 받았던 고마움이 새삼 새롭게 올라온다. 내가 어려울 때 받았던 고마움은 평생을 살아도 잊히지 않음이라.

요즘은 어떨까. 어려운 환경에서 받는 용돈이 아니라 혹여 감사도 없이 쉽게 흘려보내지는 않을까 하는 염려가 든다. 사실 엄마가 쥐여 주는 용돈은 엄마의 마음을 주는 것이리라. 그것이 사랑이라는 것을 알아주었으면 한다.

# 저무는 한 해, 다가오는 한 해

어제의 태양과 오늘의 태양은 다르지 않다. 내 삶도 하루가 가고 또 다가온다. 다르지 않다. 그것을 우리는 일상이라고 한다. 한 해가 가고 오는 연말연시에는 마음가짐이 달라진다.

나는 한 해의 마무리와 새해의 시작을 송구영신 예배와 함께한다. 매년 그렇게 지냈다. 지는 해의 마지막 날 11시 30분부터 새해의 첫날 12시 30분까지, 한 해를 뒤돌아봄과 동시에 새해의 간구로 시작하는 하루는 무엇보다도 큰 의미가 된다. 또 한 해의 삶을 계획하는 일로 새해를 시작하니 얼마나 좋은가. 오늘도 그랬다. 모두가 일출을 보러 여기저기로 떠났다. 나도 그랬었다. 일출을 보기 위해 새벽부터 일어나 잠을 설치며 다녀와 온 가족이 늦잠으로 새해를 시작했었다. 지금은 더 이상 하지 않는 일이다. 자녀들이 모두 출가한 이유도 있겠지만 그것보다는 평안하게 내 삶의 하루 한 장을 기억하고 또 정리하며 다가오는 한 해를 조용히 시작하고 싶어서였다.

오늘은 1년의 버킷리스트를 작성하고 쉽게 꺼내 볼 수 있도록 눈에서 가까운 곳에 저장해두었다. 어제와 다를 바 없는 일상을 오늘도 살아낸다. 신년을 맞이하는 오늘은 마음이 새롭게 정화되는 하루이다. 한 살을 더 올라가는 나이가 제값을 감당할 수 있는 그런 한 해였으면 좋겠다.

# 1월 1일

　예전에는 신정이라 하여 연휴가 길었지만, 요즘은 하루만 빨간 날이다. 한 해의 시작을 알리는 날. 그런 날은 어떻게 보내야 할까 하는 고민이 많아진다. 나도 남편과 산에 오르기로 했다. 종종 먼 산은 아니더라도 가까운 산은 동행했다. 더욱이 오늘 같은 날은 해맞이 행사로 떡과 떡국을 주는 곳이 많다. 그러나 나는 남편에게 시댁에 들러 떡국으로 점심을 먹자고 제안했다. 좋아한다.

　출가한 자녀들이 주말이면 온다는 연락이다. 남편이 은근히 기다리는 것을 보게 된다. 내 부모도 기다릴 것이라는 생각이 든다. 내가 효도해서 본이 되어야 한다고 생각한다. 내 나이가 오십 중반이다. 그러나 어른 행세를 하고 싶지 않다. 나도 부모에게 있어 그저 자녀일 뿐임이라. 새해에 자녀가 부모에게 간다면 마냥 그냥 행복할 것 같은 한 해의 시작일 것이다. 며느리와 사위에게 행복한 문자를 받은 셈이다. 그것만으로도 마음이 행복해진다. 가족이기 때문이리라. 나는 내 부모와 가족이고 내 자녀와도 가족이기를 소원해본다.

## 가족이 아파할 때

내가 아팠던 만큼 아픔의 깊이도 알게 된다. 하지만 종종 타인의 아픔을 대수롭지 않게 생각하는 실수를 범한다. 딸이 두꺼운 외투에 목도리까지 둘러대고 현관에 들어섰다. 그 모습이 북극곰 같다는 생각이 들었다.

"와, 북극곰 한 마리 들어오시네요."

한참 전부터 운동을 함께하자고 권했지만, 이틀 만에 포기한 딸을 자극하기 위해 한마디 했다. 생글거리던 웃음이 사라지고 냉랭한 얼굴로 자기 방문을 잠가버린다. 상처받았다는 표현이다. 아차 싶었다. 마음이 아팠을 딸에게 미안하다고 사과했다.

남편의 아픈 허리가 재발했다. 일해야 하는데 큰일이다. 며칠 동안 예식장과 연말 회식으로 과식했던 것이 화근이었던 걸까. 일을 포기하게 하고 병원 진료를 권한다. 이번엔 막내딸이 밤을 새워 기침한다. 그 기침의 고통은 내가 알고 있다. 아파봤기 때문이다. 순간 가족들이 아파할 때 그 괴로움을 몰랐던 것을 반성하게 된다. 예전에 기침이 악화되어 중증의 천식과 같이 심한 열병을 앓았던 적이 있다. 얼마나 심했으면 숨 한번 제대로 쉬며 자는 것이 소원이었을까. 그때 남편은 기관지에 좋다는 것은 모두 구해 밤새 약을 만들어 주었다. 지금에서야 기억됨이라. 아파할 때 함께 아파해 준다면 천군만마를 얻는 기분이다.

오늘은 퇴근하고 돌아올 큰딸을 위해 방 청소를 해줘야겠다. 또, 작은 딸을 위해 약을 구해 둬야겠다. 누워있는 남편에게 잔소리 말고 따뜻한 위로의 말을 건네야겠다. 내가 아파할 때 그들도 함께 아파해줬던 만큼 되돌려 줘야겠다. 이것이 내 반성의 행동이다.

# 아름답고 멋진 투자

먹고 싶은 욕구를 절제하지 못한다며 딸에게 핀잔을 주다가 말다툼 끝에 정신적으로 문제가 있다는 지적을 받았다. 그 뒤로 가족 심리상담을 배울 기회가 생겨 공부를 시작했다. '이젠 그렇게 살지 말아야지' 하는 다짐을 할 수 있었고, 상처와 분노는 쉽게 고쳐지지 않는다는 것도 알게 되었다.

두 딸은 상반된 성격을 지녔다. 거기다 나의 편애 때문에 큰딸은 지금도 상처받았던 기억을 꺼내며 '내 상처를 아느냐'고 소리치며 산다. 큰딸은 가끔이지만 지금도 자아의 치료를 위해 심리상담사를 찾아간다. 그렇게 자신을 치료하기 시작했고 포용하는 법을 배웠다. 부모를 이해하면서 포기도 함께 배웠다. 본인 또한 자아가 건강해졌음을 인정하고 있다는 사실에 놀란다.

큰딸이 '나를 치유하기 위하여 돈을 쓴다.'는 말을 한다. 상담사를 고용한다는 뜻이다. 얼마나 멋지고 아름다운 투자인가. 건강한 자아를 위한 투자. 나는 솔직히 상담에 돈을 쓰는 것이 아깝다고 생각했다. 사치라고 생각했다. 눈에 보이는 것에는 아깝지 않다고 생각했던 돈이, 보이지도 않는 내면의 치유를 위해 쓰인다고 하니 아까웠다. 그러나 현명하고 지혜로운 큰딸은 과감히 본인의 자아를 위해 돈을 썼다. 아까운 것이 아니라 자신을 위한 투자라고 생각하는 것이다.

나도 내 안의 자아를 한 번쯤 만나고 싶다는 욕망이 일기 시작한다. 과연 내 안에 숨겨진 자아는 얼마나 상처받고 있었을까. 이번 계기로 나를 들여다볼 수 있기를 원해본다.

# 내 배가 부르면 남도 배부른 줄 아는 세상

교회에서는 매년 장학금을 받을 학생들을 선정한다. 중학생부터 대학생까지. 성적 우수자나 모범생보다는 가정 형편에 따라 추천되는 경우가 많다. 그때마다 사람들의 표정에서 '무엇 때문에 빚을 졌대요?' 아니면 '그토록 형편이 어려운 이유가 뭘까요?' 하는 궁금함을 적잖이 읽어낼 수 있다.

남들이 보기엔 온전한 직장과 급료. '왜 그럴까' 이유를 들여다보기 전에 지금의 어려움을 보았으면 하는 생각이 든다. 열심히 살고 있지만 힘들었던 과거가 발목을 잡고 뼈저리게 후회해도 앞이 보이지 않는 삶. 오늘도 삶에 지쳐 힘들어하는 지인과 통화하면서 차라리 직장이 없어 파산신청이라도 자유롭게 할 수 있었으면 좋겠다는 하소연을 듣게 된다. 눈을 감으면 아침에 눈이 떠지지 않기를 기도한다는 절규를 들었을 때는 내 마음도 함께 무너졌다.

사람은 내가 배부르면 남도 배부르다고 생각한다. 내가 배부르면 남의 배고픔을 잘 알지 못한다.

# 자기 감정 앞에서 얼마나 솔직해질 수 있을까

'사촌이 땅을 사면 배가 아프다'라는 속담이 있다. 나도 솔직히 그럴 때가 많다. 누구보다도 질투와 욕심이 많았다는 것을 부인하지 못하겠다. 교통사고로 남편을 잃은 고객을 만났다. 30대의 젊은 엄마로, 딸이 둘이다. 그러나 전혀 힘든 내색을 하지 않는다. 친정엄마와 함께 살았는데 아파트를 구입해 새살림으로 분가한다고 한다. 어떻게 이런 일이 가능했는지 듣게 되었다. 남편이 사고 직전 가입해두었던 보험 때문이라고 한다. 몇억 원이 넘는 보상. 그래서 그런지 친정엄마의 체념도 빠른 듯했다. '요즘은 이혼가정도 많은데' 하면서 죽음을 이혼 정도로 생각하는 듯했다. 그래도 물질적인 보상이 있어 돈 걱정에서는 한숨 돌렸다고 했다.

그랬다. 돈 앞에서 막막하지 않을 가정이 나름 부러웠던 것이 사실이다. 남편이 힘들고 어렵게 할 때 차라리 죽어 주는 것이 나에게 유익이라고 생각하며 보험금이 있으니 세 자녀를 교육하는 데 지장은 없겠다는 못된 생각을 할 때도 많았음이라. 지금 생각해보면 남편의 부재는 자녀들에게 혼란의 시기를 겪게 했을지도 모를 일이었음이라. 나 또한 속 썩이는 남편보다 돈이 더 중요하다고 생각했다. 세 자녀가 성장하고 각자 자기 삶을 찾아나서 둘만의 공간에 남겨지니 필요한 것은 돈이 아닌 가족의 가치였음을 알게 됨이라.

나는 이제야 내 감정 앞에서 솔직해질 수가 있었다. 사람보다 돈을 더 중요시했음을 부인하지 못하겠다. 너무 힘들고 지친 마음이 만들어낸 아픈 감정이었음이라. 지금은 아무리 누가 무엇을 누리고 산다고 해도 동요치 않는 마음을 주신 신께 감사하다.

## 몇십 년간 동고동락한 지인들

몇 십년 사업을 하다 보니 이름은 몰라도 누구였는지 기억하기 위해 저장해 둔 전화번호가 5천 개를 훨씬 넘어간다. 이보다 더 많은 사람을 만났고, 그들과 지인이 되었다. 카톡과 페이스북 등 SNS를 통해 스스럼없이 서로의 일상을 들여다볼 수 있는 친구로 초대되어 있다. 많은 사람이 나에게 소중한 인연이 되었음에 감사하다. 이제 또 다른 사업에 도전하다 보니 그 많은 사람이 모두 귀하다. 처음에는 업무로 만나게 되고, 또 고객으로 만난 사람들이 어느덧 안부를 묻는 사이가 된 것은 인연이라고 할 수 있겠다.

오늘 우연히 페이스북에서 한 친구의 초대를 보고 깜짝 놀랐다. 조심스럽게 페이스북의 친구들 얼굴을 들여다보며 '그때 만났었지', '그때는 감정이 안 좋았었지' 하는 혼자만의 생각과 웃음으로 하루를 보내본다. 그리고 그들과의 인연은 절대 그냥 얻어진 것이 아니라는 것쯤은 알고 있음이라. 나는 이 인연이 무엇보다도 좋다.

7장

나도 너처럼 아플 때가 있었단다.
이제야 내가 아닌 상대를 볼 수 있는 눈이 생겼다

# 반려견이 막둥이 딸이 된다고

　유기견 센터를 매일 드나들던 막내딸이 결국엔 일을 저질렀다. 집안에서 절대로 강아지를 키울 수 없다고 반대하던 남편과 나. 그러나 분가한 딸이 키운다는데 뭐라 할 수 있겠는가. 그래 본인 집에서 키운다는데 우리가 뭐라 하겠니 하면서 외면하던 어느 날. 시커먼 강아지 한 마리가 우리 집에 자리를 잡고 주인 행세를 한다. 눈꼴실 정도로 챙겨온 물건들은 내가 봐도 족히 비싸 보였다. 사람도 없어서 못 먹는 소고기에 값이 꽤 나갈 것 같은 간식들. 오라 할 수도 가라 할 수도 없는 상황. 발레 전공자인 딸은 학생 레슨 때문에 일주일에 한 번은 우리 집에 온다. 남편의 반대, 나의 반대를 무릅쓰고 강아지를 기어코 집에 놓고 나갔다. 카톡 메시지가 올라온다. 강아지 '졸리'의 산책을 반드시 시켜야 한단다. 대소변을 밖으로 나가야 본단다. 결국, 뒷수습 봉투까지 가지고 산책하러 나갔다.

　그러던 어느 날, 딸이 외국으로 출장을 간단다. 며칠 맡아 달라고 했지만 펫 호텔에 맡기라고 했다. 돌아오던 날 '졸리'가 울고불고 난리를 쳤다. 안쓰러움에 어찌할 바를 몰랐다. 결국, 딸의 두 번째 출장 때에는 우리가 맡게 되었다. 그렇게 우리는 가족이 되어갔고 어느새 남편은 집안에 들어서면 '졸리야, 졸리야'를 연신 불러댄다. 사람이든 짐승이든 정이 들면 가족의 구성원이 된다는 것을 알고 있었지만 이렇게 빨리 정이 들 줄이야. 지금 시대는 자녀들이 고집하는 것을 만류하기보다 함께 공유해야 한다고 생각한다. 가족에게 피해가 되지 않는다면 함께 보듬어주고 배려하고 존중해줘야 한다는 생각으로 오늘도 졸리를 불러본다. '졸리야, 산책하러 가자.' 졸졸 따르는 모습이 예전에 막내딸과 흡사하다.

## 결혼 예물과 예단

"예단 예물 준비하면 결혼은 5년 연기합니다."

결혼은 생각지도 않았는데 아들이 결혼한다고 하면서 조건으로 내세운 말이다. 상견례를 시작으로 5개월 만에 결혼식까지 하게 되었다. 아무런 준비도 되어있지 않았고 금전적인 여유도 없는 상황에서 치러낸 결혼. 허례허식의 허물을 벗어버리자 사돈댁도 나도 편하게 할 수 있었다. 참 좋았다. 폐백도 하지 않았다. 친인척들에게 부담도 안 주니 마음이 가벼워짐이라.

부모를 떠나 가정을 이루는 과정에서 보이는 불필요한 인사들, 그것들로 마음 상하고 비교하고. 아들의 단호한 결단이 이번에 한몫했다. 신혼집도 살림살이가 옵션으로 되어있는 곳을 선택하니, 며느리가 굳이 혼수를 해오지 않아도 되어 좋았다. 나 또한 시어머니로서 홀가분한 마음이 든다.

내 집에 시집와주어서 고마운 게 아니라, 그저 아들과 한 배필이 되어 살아주니 얼마나 고맙고 또 감사한가.

# 월급은 250만 원, 지출은 300만 원

그녀는 간호사이다. 내가 고객으로 응대한 시간이 약 7년. 고객으로 만나 지금까지 인연을 맺어오고 있다. 사실 말하자면 일방적인 인연이다. 그녀는 돈이 없으면 5만 원만, 10만 원만 빌려달라고 했다. 없다 하기에는 약소한 금액이라 매몰차게 거절할 수가 없어 그때마다 송금해줬다. 그녀의 월급날이면 반드시 입금된다. 이것도 반복되니 짜증이 날 때도 있었다. 알고 보니 기댈 곳이라고는 나 이외에는 없는 것 같다. 그녀의 부모도 생활비를 그녀에게 손을 벌리는 생활고를 겪고 있나 보다. 사회 복지의 사각지대에 놓인 절망의 간호사는 빚과의 전쟁을 매일 되풀이하고 있다. 남편과 이혼하고 중학생인 딸과 작은 월세 집을 전전하며 살고 있다. 이혼하게 되면서 빚을 지게 되고 그 빚은 삶의 무게가 되어 꼼짝도 못 하는 현실이 됐다.

그런 그녀를 보면서 나의 중년의 삶을 비교해본다. 나도 그럴 수 있었음이라. 그러니 더욱 큰 연민으로 외면하지 못하는 것 같다. 어제는 빚 전체를 정리해오라 했다. 처음에는 작던 금액의 빚이 점점 커져 왔다는 것을 알게 되었다. 모든 진실을 말하려니 나를 못 볼까 봐 두려움에 말하지 못하고, 숨기고 살다 보니 막다른 길에 들어섰던 것이다. 안타까웠다. 빚으로 일그러진 종이 한 장을 보며 그녀의 한숨과 절망을 보게 되었다. 한참 재미있게 세상을 살아야 할 나이였다. 내가 도움 줄 수 있을까 싶어 중재자의 역할을 감당해 주기로 했다. 나도 그런 시간이 있었기에 그녀를 다시 소망의 빛으로 살게 해주고 싶었다. 이 일을 어떻게 하면 소망을 줄 수 있을지 지혜를 구하게 된다.

# 다시 청춘으로 돌아가라 한다면

다시 청춘으로 돌아갈 수 있는 선택의 기회가 주어진다면, 나는 당당히 돌아가지 않겠다고 하겠다. 내 청춘은 그리 행복한 기억이 없기 때문이다. 소망도 없고 꿈도 없었던 나의 청춘은 내가 기억하기도 전에 사그라져 버린 것 같다는 생각이 든다. 지금 나는 행복을 느끼며 살고 있다. 인생이 마법의 쳇바퀴에 있다면 멈추게 할 수도 있다는 생각이 들기에 죽음을 향하여 달려가는 지금이 더 행복한 지도 모를 일이다.

20대에는 어찌 보면 부모의 그늘에서 내 생각과는 거리가 먼 삶을 살아야 했다. 정신없이 삶의 바퀴에 물려 돌아갔던 30대. 자녀들과 함께 치대어 살아온 시간들. 그리고 40대, 무엇이 나의 삶의 목표인지도 모르게 경쟁의 구도 속에서 한 치의 양보도 없이 흘러간 시간들. 50대의 지금은 그 삶의 중심에 서 있는지도 모르겠다. 두렵지 않은 60대를 맞이할 수 있을까.

오늘 청년기에는 플러스 성장이 이어지고 노년기에는 마이너스 성장으로 연결된다는 웃을 수 없는 뉴스를 접하게 됐다. 그래도 나는 앞으로의 시간이 더 좋겠다. 다시 돌아가라 한다면 지금도 가지 않겠다고 버텨낼 것임이라. 그런 일이 일어나지 않으리라는 것을 알면서도 못 박아두고 싶어진다.

# 55세부터 주택연금의 가입이 가능하다

4층짜리 건물을 가지고 있기에 늘 부담이 된다. 세입자가 있지만, 전세와 월세의 수입은 그리 많지 않고 노후 된 건물이라 매물로 내놓기는 어렵다. 급기야는 리모델링하고 살아야겠다는 생각으로 버티고 있다. 주택연금을 받을 수 있는 나이가 60세부터라니 그때까지는 버텨보자 했다. 그런데 그 시기가 앞당겨진단다. 그것보다 즐거운 일은 없을 것임이라.

이제 준비해야 한다. 호적 나이와 실제 나이가 차이가 있어 앞으로 2년은 남아있지만. 세입자를 줄이고 나만의 공간으로 채워가야겠다는 생각이 든다. 자녀들에게 유산으로 남겨줄 마음은 조금도 없다. 나름 내 방식대로의 전환을 생각하며 마음을 바쁘게 한다. 조금 남아있는 대출금을 상환하고 1층에 셀프 빨래방을 운영할까도 생각 중이다. 건물을 매각해서 목돈으로 남기는 것보다 유익한 것은 주택연금으로 전환하는 것일 것이다.

지금 55세. 최대한 빨리 주택연금으로 전환할 생각이다. 적어도 아직은 이곳에서 이사할 생각은 없으니. 가끔 시어머니가 채근하신다. 나도 아들 집에 가고 싶으니 승강기가 있는 아파트로 이사를 하면 어떻겠냐고. 그러나 나는 이곳이 좋다. 그리고 내 집에서 연금을 받으며 노후를 즐길 수 있는 여유가 생긴다니 더더욱 좋다. 난 지금 공무원이 부럽지 않다. 나도 연금을 받을 수 있다. 내가 죽을 때까지 이사하는 것에 신경 쓰지 않아도 된다. 이 나라의 제도가 나에게 제격이다.

## 연금 금액이 많다고 불평했던 시간

4대 보험료 완납 증명서. 지방세 완납 증명서. 국세 완납 증명서…….
농어촌공사 일을 맡게 되었고 용역비라는 명목으로 이런 서류를 요구한
다. 세금 체납이 있으면 대금 지급이 안 된다. 연금보험이 얼마나 인출되고
있는지를 알지 못했다. 통장에 자동이체로 연결되어 있었기 때문이다. 소
득을 기준으로 하기 때문인지 몰라도 매번 다르게 책정되어 별 반응을 보
이지 않았다.

문득 궁금해졌다. 지난 20년간 사업을 하면서 불입한 연금 보험료가 과
연 얼마인지, 그리고 몇 세부터 수령하게 되는지도 궁금했다. 모든 서류를
검색해보기로 했다. 지금은 연금 수령 시기가 62세로 연장되었다는 정보
는 들었던 것 같다. 함께 운동하는 선생님은 정해진 날짜에 정확하게 입금
되는 연금이 얼마나 감사한지 모르겠다고 한다.

그랬다. 친정엄마가 50년 전에 한 달에 17,900원을 불입했던 연금이 지
금은 10배 정도의 수가로 입금되고 있음에 얼마나 감사하고 있던가. 나 또
한 상당한 금액으로 불입되는 연금을 계산해보니 약 100만 원 정도의 연금
으로 돌아올 예정이다. 국가에서 권장하는 일을 무턱대고 외면하지 말고
좀 알아보는 것이, 진중하게 가입하고 시작하는 것이 노후를 살아가기에
조금은 안정된 삶을 영위하는 방법이라는 생각이 든다. 불평으로 일관하
기보다 무엇이 나에게 유익한가를 유심히 살피는 지혜를 발휘해야 노년의
삶이 조금은 수월하게 보장받을 수 있지 않을까.

# 위기의 순간에 도움을 청하면

항상 12월이면 국가 기관들은 예산을 사용하느라 분주하다. 덩달아 우리 사업도 비상이다. 결제 절차에 시일이 필요한 관공서 일들을 진행하니 자금이 막혀버린다. 모든 일을 마치고 나서야 결제가 진행되기 때문이다. 암담하다. 연말이면 지출이 많아지는데. 거기에다 요즘 경제가 사업자나 개인이나 좀처럼 허리를 펴지 못하고 바닥을 치고 있어서 누구에게 몇천만 원이나 되는 돈을 빌려달라고 하지 못함이라.

오늘도 힘겹게 인건비를 맞추고 관공서에 서류를 제출하려고 하니 지난번 연체되어 있던 세금이 발목을 잡는다. 그렇다고 대출이나 이자가 생기는 돈을 사용하고 싶지가 않다. 동창에게 손을 빌려볼까 하다 접었다. 돈을 빌리게 되면 동창들 사이에 혹여 말이 나오지 않을까 염려되었다. 친구에게 빌리자니 조금은 자존심이 상하기도 했다.

사업을 하다 보면 이런 일이 비일비재하다. 지인보다는 잘 모르는 사람들에게 도움을 받은 적이 많다. 한 번은 전세금 2천만 원이 부족해 발을 동동거릴 때, 차 한 잔을 대접받은 답례로 점심을 사러 나갔던 그 자리에서 해결되는 기적도 경험한 터였음이라. 매번 위기의 순간들을 기적처럼 벗어났던 기억이 있다. 그런 기적은 주어진다기보다 만들어 가는 것이란 걸 느끼게 된다. 누군가의 위기에 내 모든 것을 희생하고서라도 아낌없이 도왔던 삶이 지금의 나를 살게 해줌이라. 누군가는 이것을 인복이라고 한다.

그래, 위기의 순간에 도움을 청하면 달려와 줄 수 있고 손 내밀어 주는 누군가가 있다면 나는 지금 잘 살아내고 있는 것이 틀림없다. 앞으로도 더 많이 베풀고 도움을 주고 싶다.

# 한번은 건너야 하는 갱년기

나에게는 갱년기가 오지 않을 줄 알았다. 나름 건강하다고 자부하며 살고 있었으니 그까짓 것쯤이야. 그러나 나이는 못 속이나 보다. 폐경이 온 후 몸의 변화가 왔다. 식은땀이 흐르고 얼굴이 붉어졌다. 특히 밤에 잠을 잘 수 없었다. 아무리 잠을 청해도 새벽까지 잠을 못 이뤘다. 또 어쩌다 잠을 이루게 되더라도 새벽에 깨어나 더 이상 못 자는 현상. 하루 한두 시간 수면은 나의 체력을 고갈시키기에 충분했다.

예전에 친정엄마의 하소연, 잠이 안 와서 밤을 꼬박 새웠다는 말. 그 말을 들었을 때는 잠이 안 오면 좋은 것 아닌가 하는 생각도 했었다. 그때는 새벽이면 일어나야 하는 고충이 컸다. 고모님께서 석 달 동안 잠을 못 자서 병원에 입원했다기에 그럴 수도 있나 하면서 흘려들었던 적도 있었다. 나에게도 나타나는 현상 앞에 남을 함부로 판단한 것에 대한 죄책감마저 들기도 한다. 잠이 보약이라는 말이 있듯이 잠을 제대로 자는 것도 복이라는 것을 지금에서야 알게 된다.

55세 전후의 나이에 겪는 갱년기 증상은 누구나 겪는 일은 아닐지도 모르겠지만, 누군가 이로 인해 힘들고 우울해 한다면 함께 고민해주고 위로해주어야겠다는 생각을 한다. 나도 이처럼 잠 못 이루는 밤을 보내게 될 줄은 상상조차 못 했으니. 내가 아프면 남도 아프다는 것을 알아야 함이라.

# 재산 다툼

백 세 인생 중반에 세워지니 주변 지인들의 부모가 연로한 경우가 많다. 그러다 보니 재산 분쟁이 가족 간 싸움으로 번지는 경우를 종종 보게 된다. 며칠 전 부모를 떠나보낸 친구의 하소연을 듣게 되었다. 이름을 말하면 알 만한 그런 위치의 오빠가 1억 원이 넘는 부조금을 혼자 가져가 분개하며, 인연을 끊겠다고 하소연했다.

얼마 전 엄마도 재산에 대해 이러저러한 이야기를 했다. 나는 부모님 재산에는 조금도 욕심이 없다. 이 땅에 살면 얼마나 산다고 부모의 재산에 목매어 살아야 할까. 남들이 볼 때는 살 만큼 사니까 그런다고 하겠지만 절대 그렇지 않다. 부모님의 재산은 부모의 재산이요, 내 재산은 내 재산이라고 생각한다. '재산이 많다면 나눠주시겠지'라는 생각을 하면서도 혹, 내 몫이 없을지라도 '그런가 보다' 하고 욕심을 부리지 않으면 좋겠다는 생각이 든다.

부모님도 주고 싶은 자식에게 준다면 그럴 만한 이유가 있으리란 생각이 든다. 재산 싸움으로 피멍이 들어가는 가정들을 보고 있자니 재산 없는 우리 가정은 싸울 일이 없어 차라리 행복할 것 같다. 나의 자녀들에게도 부모의 재산을 탐할 생각은 추호도 하지 말라고 말하고 싶다.

# 들려오는 슬픈 소식들

'경숙아, 어쩌니. 어제 신랑이 토하고 복통이 심해서 병원 응급실에 갔더니 백혈구 수치가 정상인보다 다섯 배가 넘는다고 큰 병원으로 가라네. 혈액암일 수도 있대.'

새벽 한 통의 문자가 나에게 날아들었다. 답신을 할 수 없을 정도로 말문이 막혀버린다.

'기도해줄게, 빨리 큰 병원으로 가.'

언니는 입만 열면 남편 자랑으로 시작해 남편 자랑으로 끝을 맺었다. 그만 좀 하라고 핀잔줄 때도 많았다. 그런 기둥 같은 남편에게 병이 생긴다는 것은 상상도 못 할 일이다.

남편을 자랑할 만도 했다. 항상 존대해 주고, 아내의 필요를 모두 채워 주는 남편이었다. 자상했다. 거기다 장모를 모시고 사는데도 불평 한마디 없었다. 그러니 형부의 병환은 언니에게는 청천벽력 같은 상황이리라. 그 마음이 얼마나 힘들지 이해가 가고도 남았다. 함께 살다가 죽음으로 이별하는 가족들을 많이 보아 왔지만, 내 일은 아니라고 생각한 적이 얼마나 많은가. 언니도 보험업을 하다 보니 그런 경우를 허다하게 봤겠지만, 막상 본인의 일이 되니 마음이 얼마나 아릴까. 내 마음도 무거워진다. 아무리 건강하다고 자부해도 잠재된 병까지 챙겨내는 것은 사람의 의지로는 불가하다는 것을 다시금 느끼게 된다. 빠른 쾌유를 기도해 줘야겠다.

마음이 힘들고 지칠 때, 두려움이 밀려올 때, 누군가의 기도가 힘이 될 수 있음을 기억해야 함이라. 그런 일이 나에게도 닥친다면 누군가의 위로와 관심이 필요할 것이다.

## 여행

결혼한 딸이 반려견을 며칠만 맡아달라고 연락한다. 열흘간 해외여행을 가겠다고. 누구와 가느냐고 물으니 친구와 간다고 한다. 예전 우리하고는 너무 다르다고 생각한다. 이웃집을 다녀오는 것처럼 준비하고 떠난다.

나는 적어도 해외여행을 가려면 한 달은 준비해야 했다. 물론 돈도 필요해 친구들과 적금을 붓고 두 달 전부터는 무엇을 준비해야 하느냐면서 소풍 가는 아이처럼 마음이 들떴다. 해외에서 말이 안 통할까 싶어 항상 저렴한 패키지여행을 선택했고, 그러한 여행은 예나 지금이나 많은 상점을 통과하며 사고 싶지 않은 물건들을 강매당하는 경우가 많다.

여행을 가려면 남편과 가족들의 눈치를 봐야 했다. 무슨 여행 가는 것이 죄인 것 같은 느낌으로 떠날 때도 많았다. 먹고 사는 것에 치중하다 보니 여행이 꼭 사치품으로 인식되었는지도 모른다. 그렇게라도 갔던 해외여행의 추억은 지금도 가끔 꺼내 드는 앨범이 되었다.

지금은 누구나 여행의 자유를 누린다. 어느 나라를 가더라도 한국 사람 없는 곳이 없다. 어쩌면 그만큼 삶의 형편이 좋아졌다는 뜻일까. 젊을 때 여행을 통해 세계를 접해보라 권한다. 하지만 적어도 무분별한 여행으로 삶을 소진하는 일은 없어야 한다는 생각이 든다. 특히 마이너스로 시작하는 여행이라든가 무분별하게 구입하는 여행상품은 엄격히 구분해야 함이라. 여행은 내 삶에 여유와 안식을 주는 또 하나의 재충전의 시간이 되어야 함이라.

# 한 번쯤 내 삶의 안식을 위해 불필요한 것을 비워내 보라

외출 준비 때 나는 먼저 살림을 정돈한다. 귀가해서 불필요한 시간 낭비를 줄이고 가사노동에서 해방되고 싶어서다. 가정은 나의 안식처가 되기를 바라는 마음이다. 사업에서 받은 피로감을 가정에서는 회복하고 싶음이라. 가정에서 또 다른 스트레스를 받지 않기 위함이라.

쉼의 가장 좋은 장소는 가정이라 여기니 밖으로의 이탈이 없어서 좋다. 그러려면 먼저 불필요한 짐들이 없어야 한다. 최소한의 가전과 가구로 살아내야 한다. 나는 옷을 사거나 신발을 사려면 반드시 버려야 할 품목을 정해둔다. 그리고 비워진 자리에 새로 산 물품을 채운다. 그러면 짐이 늘어나지 않아 좋다. 또 불필요한 사은품을 받지 않는다. 특히 가전이나 가구를 구입하면 따라오는 사은품도 중복되는 것은 정중히 거절한다. 사용하지 않으면 아무리 신제품이라 해도 나중에는 쓰레기로 버려지는 일이 허다하다는 것을 안다.

우리는 비워내는 노력을 하지 않는다. 어쩌면 지금 지구가 몸살을 앓고 있는 것도 채우기만 하고 비워내지 못하는 결과일 수도 있다. 기후의 변화가 생기고 신종 질병이 생기는 것은 우리 때문은 아닌지 반성해봐야 한다. 결국, 우리에게 재앙으로 되돌아오는 것은 아닐까. 지구도 숨을 쉬고 싶다고, 소리치고 있는 걸지도 모를 일이다.

오늘 나의 가정에서 불필요한 물건이 있다면 과감하게 이웃에게 나눠보라. 그리고 한 번쯤 나의 참된 공간의 자유를 얻어내 보라 권해본다.

## 버리면 벌 받아요

대기업 사택 이사 업무를 하며 정년 즈음의 많은 고객과 만나게 된다. 보통 57세 정도에 정년퇴직 후 5년 정도 기간제 근무를 하고, 62세가 되는 시점에서 사택을 비우게 된다. 한 직장에서 30년을 근무하고 사택에서 30년을 사는 사람들도 많다.

막상 이사하려 하면 버릴 짐과 챙겨야 할 짐의 구분이 있기 마련이다. 그러나 그들은 한결같이 가구나 가전을 쉽게 버리지 못하는 미련이 있다. 옛 추억이 있어서, 어렵게 구한 것이라서, 각자의 구구한 변명도 많다. 그러나 나는 안다. 버리는 것보다 쌓아 놓아야 안심이 되는 세대를 살았음이라. 조금이라도 더 모으고 절약해야 한다는 습관이 자신도 모르게 길들어 버렸다는 생각이 든다. 경제 위기인 IMF를 지나면서 수많은 기업이 도산했고 많은 사람이 거리로 내몰리는 위기의 시절을 지냈으니 그도 그럴 만했음이라. 나라가 도산의 위기에 처하니 각자 집에 두었던 금과 은 패물들까지 내놓았던 세대가 아닌가. 나라의 위기, 가정의 위기를 겪으면서 절약 정신과 모아두려는 정신이 함께 공존했던 시기를 보냈다. 그러니 막상 살림살이를 버리자니 벌 받을 것 같은 생각이 올라옴이라.

나도 건물을 신축하고 입주할 때 신혼가구로 장만했던 장롱을 버리기까지 쉽지 않은 결단을 했었음이라. 그러나 지금은 쉽게 버려지는 가구와 가전들을 보게 된다. 색깔이 안 맞아서, 오래 보니 식상해서. 우리가 언제부터 이런 잘못된 습관이 든 것일까. 신중히 가전과 가구를 고르고 외국처럼 몇 대를 이어 사용하는 그런 가풍을 누리는 가정이 많아졌으면 좋겠다는 생각이 든다. 버려지는 가전과 가구는 지구 또한 멍들게 한다. 폐기물 처리장에 가 보면 정말 벌 받을 것 같은 죄책감마저 든다. 쉽게 사고 버리는 생활방식은 고쳐져야 한다. 나는 오늘도 고객에게 전한다. 버리지 말고 그냥 사용하세요.

8장

새로운 시작과 도전

## 빛 좋은 개살구

한 장의 달력이 마지막을 달린다. 12월의 마지막 주. 어느 날 늦은 저녁, 고객과 만남이 미뤄져 차 한잔하고자 친구 집을 방문했다. 고급스럽게 꾸며 놓은 거실이 유난히 돋보이고 수입한 찻잔에는 아름다운 향기가 흘러나오는 것 같다. 25년을 함께한 친구 집의 분위기이다. 항상 북적거리고 무엇인가 널브러져 있는 모습은 온데간데없고 너무 정리 정돈이 잘 되어 조금은 삭막한 느낌까지 들기도 한다. 한 자녀는 미국에, 한 자녀는 동남아에서 살기에 자녀들의 온기는 찾아볼 수가 없다. 그러니 육신은 편안함 그 자체이다.

차 한 잔을 나누다 보니 친구는 '공주처럼 산 것처럼 보여도 평생을 무수리로 살았다'고 하소연한다. 짠돌이 남편의 영향으로 변변한 월급을 받아본 적이 없었다고. 우리 나이의 세대를 들여다보면 아내들이 생활 전선으로 뛰어들어 가정 경제를 일구어낸 친구들이 유난히 많다.

그 친구처럼 화려한 이력을 가진 사람은 나와는 다른 삶을 살았을 것이라 생각했다. 이렇듯, 여느 가정들을 속속들이 들여다본다면 겉보기와 다르게 사는 사람들이 얼마나 많을까.

다짐하게 된다, 나를 찾고 싶다고. 의욕이 사그라지기 전에 하고 싶은 일을 해야 한다고 소리친다. 나는 지금 그 친구와 할 수 있는 일을 모색하고, 머리를 맞대고 도전하려 한다. 55세의 아름다운 도전을 기대해보라.

# 이 나이에, 그냥 살지?

"다른 업종으로 바꿔볼까? 코칭센터 센터장으로 일해 볼까?"하는 나의 말에 남편의 반응은

"그냥 하던 일 하시지, 뭘 복잡하게 살아? 그냥 살자."

맞장구를 쳐주지 않자 나도 금세 마음을 접는다. 돈 버는 일 말고 내가 좋아하는 일을 하고 싶다고 마음으로 소리쳐대지만, 실제로는 수입이 줄어드는 것에 대한 고민이 없지 않다.

어찌 보면 지금 하는 이 일도 적성에 맞는 직업이라 하지만, 수익이 적었다면 이 직업에 적성을 운운했을까 하는 생각을 해본다. 남편의 입장도 이해가 간다. 내가 모든 사업 관리를 해주니 조금은 편할 듯하다. 계약을 진행하고 서류를 준비하고 고객 응대도 내 몫이니 마음으로는 편할 것이다. 이렇게 익숙하고 편한 지금의 일도 좋지만, 도전하려면 지금 시도해야 한다고 생각한다.

새로운 사업 도전. 어찌 보면 무모한 생각일 수도 있겠지. 수익이 나기까지 오래 걸릴 것이라는 단점도 알고 있다. 그래도 이 나이에 재미없고 심심하게 살 수만은 없지 않은가. 도전은 나이하고는 상관없는 일.

## 우리 세대에 필요했던 자격증들

　우리 세대는 학습보다는 생활 전선에서 어떻게 먹고 살아내야 하는가를 강요당한 세대 같다. 나는 고등학교를 상업고교로 진학했고, 주간에는 무역회사에서 근무하고 야간에 학교를 다녔다. 그 시기에는 그런 산업체 학교가 많았다.

　그런 것이 부끄럽다고 생각할 여유조차 없었다. 어떻게든 내가 독립해야 동생들이 조금이라도 부모님 혜택을 받을 수 있으리란 기특한 생각을 했었다. 그러니 자격증 같은 걸 취득할 여유가 없었다.

　그때만 해도 토요일 오전까지 일하고 오후에는 학교에 출석해야 했다. 주일이면 모처럼 여유가 생겼으나 살림하기에 바빴다. 요즘은 관공서에서 평생교육 학습으로 자격증을 취득할 기회들이 얼마나 많은가. 많은 사람들이 수십 개의 자격증을 장롱면허처럼 쌓아만 두는 시대가 됐다. 우리 세대에겐 절실했던 자격증들이 지금은 남발되는 것 같아 아쉬움이 남는다. 그때는 돈이 없고 시간이 없어 취득하지 못해 발만 동동 굴렀었는데….

　나도 지금에서야 자격증을 취득한다. 장롱 속에 묵혀두는 그런 과오는 범하지 말아야겠다. 나는 지금 시작한다. 나에게 주어진 시간을 활용하는 법을 배워간다. 내게 와 준 자격증을 멋지게 표현하고 맛나게 요리해보려한다. 신나는 도전이다.

## 힘든 시간을 토해낼 곳을 찾다

시간이 날 때마다 성경을 읽고 영성 일기를 기록한다. 절실한 교인인 나에게 성경 말씀은 삶의 필수 항목이었고, 나와의 약속이었다. 그렇게 매일 10장씩 읽어간다. 그리고 이런저런 책들을 읽는다. 그것이 나에게는 삶의 무기가 됐다.

5년 전 나는 경제적 파탄 앞에 망연자실한 삶을 살았다. 그때 인생의 마지막을 글로 남기고 싶다는 절박함이 생겼다. 그냥 죽으면 내가 왜 죽어야 했는지 사람들이 알지 못할 것 같았다.

그렇게 컴퓨터를 뒤적거리다 블로그를 만들었다. 내 삶의 이력서를 써 내려갔다. 그것이 지금의 나를 살게 해주었다. 절망과 포기의 순간을 낱낱이 포장하지 않고 사실 그대로를 기록할 때, 내 안의 빈 곳이 무엇인가로 채워졌다. 가끔 올라오는 '파이팅', '힘내세요' 같은 댓글들이 나를 살게 했음이라.

그랬다. 벅찬 일들은 쏟아 내기만 해도 치유가 된다는 것을 경험하게 됨이라. 종교든 글이든 말이든 쏟아 내어질 때 또 다른 소망이 생기기 시작한다는 것을 경험하는 계기가 되었다. 혹 힘들고 지칠 땐 어딘가에 하소연할 수 있는 공간을 찾아보기를 권해본다.

# 돈 벌려고만 하지 말고 다스릴 줄 알아야

자녀들이 한결같이 하는 말이 있다.

"엄마 돈 벌려고는 하지 마세요, 돈에 욕심이 나면 망해요."

맞는 말이다. 자녀들은 직장을 정할 때도 미래를 생각해야 한다며 돈보다는 적성을 택했다. 그랬기에 기다림의 시간도 있었고, 과감하게 사표도 던질 줄 아는 용기도 있었다. 각자 적성에 맞는 직업을 찾았고 모두가 자기 직업에 만족하는 삶을 영위하고 있다.

나는 그렇지 못했다. 항상 돈을 따라 움직였던 삶이었음이라. 그만큼 내 욕심은 내 마음을 앞서나가기 시작했고 급기야는 돈이 나를 조정한다고 느끼게 되었다.

그땐 이미 늦었다는 것을 알게 되었음이라. 내가 돈을 다스려야 하지만 조급함 앞에 무너지기 시작했다. 실패는 시간문제였다. 돈도 즐기면서 벌어야 한다는 말이 이제야 실감된다. 욕심은 화를 부른다. 자녀들은 항상 나를 물가에 내놓은 아이처럼 걱정하기 바쁘다. 자녀와 부모의 자리가 뒤바뀐 형상이다.

어린 시절 가난이 싫었던 나는 무조건 계산도 없이 돈을 벌어야 한다고 생각했다. 그 강박은 내 머릿속에서 떠나지 않았다. 돈에 집착하게 됐고, 결국 돈을 사랑하게 되었다. 그러나 그 사랑은 나를 배신하기에 이르렀음이라. 나의 '돈 사랑'은 이렇게 무너지고 말았음이라.

'돈을 벌려고 하지 말고 돈을 다스릴 줄 알아야 한다.'라는 그 말만은 명심하고 살아내야 함이라.

# 대단한 결심

지금 하는 사업과는 판이한 사업을 제안받았다. 긴장도 되고 망설임도 많다. 여름부터 추진되어온 일임에도 불구하고 결정하지 못한 상태. 각 학교나 단체에 강사들을 파견하는 코칭센터의 센터장인데 내심 걱정도 된다. 학습능력도 없는 내가 할 수 있는 일이 아닌 것도 같고.

몇 달 전에 계약서는 작성했지만, 계약금은 지불하지 않은 상태였다. 그렇게 차일피일 미루다 보니 아무것도 될 것 같지 않아 과감하게 도전해보기로 한다. 내 나이 백세 인생의 중반. 무엇인가 지금 도전하지 않으면 안 되는 일임이라.

오늘 센터 계약금을 마무리했다. 항상 돈이 내 우상이 되었던 시간. 그러나 지금 도전하는 일은 돈보다는 사람을 살려내는 사업인 것 같다. 또 함께하는 강사들이 사기 충만하고, 도전 정신도 함께 함을 읽어낼 수 있다. 여럿이 함께 일한다는 것이 얼마나 힘들고 어려운지 지금 사업에서 경험한 터라 익히 알고 있음이라.

아무것도 하지 않는다고 시간이 멈춰주지 않는다. 내가 할 수 있는 영역의 일이라면 한 번쯤 승부수를 걸어 봐도 되지 않을까 하는 생각을 해 봄이라. 지금 나는 그 어떤 때보다 대단한 결심으로 새로운 사업에 도전장을 내본다.

# 하루 매출이 20만 원이면 돼요

친구가 19년을 다닌 직장에서 퇴직을 결심한다. 항상 무엇을 해야 하는가에 대한 고민으로 일관하던 우리였다. 그때마다 '너는 커피숍이 어울려'라고 했다. 항상 진중하고 인내할 줄 아는 친구에게 던진 말이었다. 서른쯤 만나 20년을 넘게 지켜본 결과이다.

이제 50세가 넘어가는 나이, 적지 않은 시간. 그 생각이 현실로 이루어진다. 우연히 땅을 사게 되었고 커피숍을 운영하는 것으로 진행 중이다. 아름다운 도전이 예쁘고 기특했다. 직장을 정리하고 다른 일에 도전한다는 것은 결코 쉽지 않은 일이다. 많은 용기가 필요했음이라. 함께 하는 우리는 마음이 기쁘다. 그리고 욕심내지 않았으면 했다.

하루 목표 매출액을 얼마로 잡는 것이 좋은가라는 질문에 친구는 답했다.
'20만 원'.

아등바등 욕심내지 않는 본인의 공간을 만들어 내고 싶다고 했다. 그런 시작을 하는 친구가 부러웠다. 나이가 들어 욕심을 부리면 추해 보이는데 그러지 않는 친구가 더 멋지게 보이기 시작했다. 새로운 사업에 파이팅을 외쳐주고 싶다.

# 1박의 워크숍

새로운 시작을 알리는 1박의 스케줄을 계획했다. 1월 1일에. 내 나이 백세 인생의 중반, 과연 무엇을 할 수 있을지 가능성에 기대하며 중년의 여성들이 반란을 일으켰다.

회비를 각출하고 모이기 편한 장소를 구해 각자 가정에서 준비해 온 식사로 마음껏 즐기는 시간을 가졌다. 각자 원했던 새로운 영역에서 일하고 싶은 사람들의 모임이다. 그냥 방관하는 삶이 아니라 도전하는 삶으로의 방향을 설정하고픈 마음들이 모여들었다.

계획했던 일이 아니라 번개처럼 모여진 모임임에도 불구하고 열정만큼은 대단했다. 우린 그랬다. 무엇인가 나를 찾는 돌파구를 찾아내야 했다. 밤을 새워 생각 나눔의 자리를 가진 뒤, 각자의 비전이 생겼고 소망을 이루는 결과를 얻었다. 그것만으로도 행복한 새해의 시작이 되었다.

무엇인가 꿈을 꾸고, 그것을 이루어가는 과정의 모습은 청소년이나 젊은이나 우리나 모두 같은 모양이었다. 새해에는 작은 목표라도 실천할 수 있는 일부터 한 계단씩 이뤄내기를 원해본다. 나의 동지들이 함께함에 얼마나 감사한지.

# 독서의 유익

　유독 경제 불황을 어렵게 겪어내고 있는 개인사업자들은 누구나 걱정과 불안으로 하루를 살게 된다. 요즘 불황은 그 어느 때보다 심한 것 같다는 생각이 든다. 여당과 야당의 불협화음으로 자기 목소리만 높여대고 있는 것 같고, 단합보다는 자기 밥그릇을 챙겨내느라고 목소리만 더욱 키워가는 것 같다.

　나 또한 불황을 겪고 있다. 모이는 곳마다 볼멘 목소리가 들려오고 앞으로의 비전보다 어떻게 살아내야 할지 걱정만 한다. 나는 그런 날을 독서로 일관하기로 했다. 인터넷과 유튜브를 배제하고 읽어내는 책의 위력은 강한 자로 만들어 내기에 충분했다. 위기에서 얼마나 인내해야 하는지 감정에 얼마나 솔직해야 하는지 또 어떤 지혜를 가져야 하는지를 수없이 읽어내는 책에서 배우기 시작했다. 그러면서 얻어지는 유익이 나에게 재산이 된다.

　내 나이가 되면 책을 접한다는 것이 그리 쉽지 않다. 어떻게 하면 재산을 비축할까, 어떻게 하면 더 잘 살 수 있는 노후를 보장받을까 하는 궁리로 몸살을 앓기 때문이다. 나는 지금 책에서 지혜도 얻고 그런 정보도 함께 누린다. 지혜롭게 늙어가는 비결도 배워감이라. 나를 외롭지 않게 하는 비결, 그것은 지식의 보물창고인 독서일 것이다.

# 여자는 출세할수록 힘들어지는 세상

직급이 낮을 때는 몰랐던 갈등이 직급이 올라갈수록 힘들다고 하는 여자들을 보게 된다. 지금은 남녀를 불문하고 성과가 뛰어나면 진급되는 사회의 단면이다. 친구들이 하나둘씩 진급을 해간다. 은행에서는 부장으로, 우체국에선 국장으로, 학교에서는 교감 선생님으로, 또 기업에서는 과장이나 부장, 팀장으로. 만나면 한결같이 요즘 젊은 직원들 관리하기가 쉽지 않다는 하소연을 한다. 오늘도 그런 사람을 만나게 됐다. 아직도 정년이 많이 남아있는데 명예퇴직을 하고 싶다고 한다.

사실 우리 자녀들만 보더라도 너무 입바른 소리를 한다는 생각이 든다. 좋게 보면 자존감 있는 자기주장이라 할 수도 있겠지만, 나만 생각하는 이기주의일 수도 있다. 자신의 잣대에 맞지 않으면 볼멘소리를 하고, 하고 싶은 일만을 추구하고 협조를 모르는 젊은이들. 그들 세대와 이 사회에서 부딪힐 일이 너무 많다는 것을 나도 느끼고 있다. 젊은 직원들이 한결같이 하는 말, '내가 왜 해야 하는데요', '돈 주고 시키면 되지 않나요.'.

게다가 문제는 여자들의 직급이 올라가도 도움을 청할 곳이 없다는 것이다. 겉으로는 외쳐댄다. 여자와 남자는 평등하다고. 그러나 내면을 들여다보면 아직도 성 평등은 요원하고 남존여비 사상의 잔재들은 수없이 남아있다. 어쩌면 우리가 그런 시대를 지나오면서 나도 모르게 그럴 수 있다고 수긍하는 것은 아닌지 반성해보자.

나는 그들에게 말하고 싶다. 정년까지 내 몫으로 주어진 일들을 당당하게 보란 듯이 해보라고. 그리고 소리치라고. "도와주지 않을 거면 비켜서라, 내가 한다."

# 주관

사업을 시작하면서 원칙을 정했다.

식사 약속은 되도록 점심으로 잡기. 모임 이외의 저녁 약속 잡지 않기. 술자리 피하기. 특히 노래방이나 유흥업소에는 눈조차 돌리지 않기.

혹여 불미스러운 일에 연루되는 일을 없애기 위해서이다.

가끔 남자들끼리만 가는 나들이에 함께 가자는 요청이 온다. 일언지하에 거절하기 일쑤다. 삶의 원칙이 무너지면 지금까지 살아왔던 존재의 의미가 무너질 수 있다. 그것은 고스란히 자녀들의 피해가 될 수 있기에 더욱 조심한다.

종종 성추행 문제로, 또는 편법이나 뇌물수수의 문제로 부모의 권위가 무너지고 사회에서도 고립되는 경우를 보게 된다. 그들이 자녀들에게 어떤 모습으로 비칠지 걱정이 앞선다.

오늘도 칼같이 선을 긋는다. 나는 나의 기준을 분명히 알고 있다.

## 사업을 키우려는 욕심을 버리자

사업을 시작한 지 20년에 접어든다. 우여곡절도 많았던 시간. 여러 번의 자동차 사고와 인사사고. 그런 시간을 보냈으니 조금은 평안의 길로 세워지고 있음이라. 하지만 사람과 부딪히는 일들은 비일비재하다.

나는 일 중독자처럼 살아왔다고 해도 과언이 아닐 만큼 일에 승부욕이 강했다. 일은 곧 돈이 되기 때문이었다. 지나친 욕심이 직원들과 마찰을 빚어냈고, 법적인 문제까지 번진 일이 얼마나 많았던가.

내가 움켜쥐려 했던 시간들. 물불 안 가리고 붙잡으려 했던 지나친 일. 시간을 허비했고, 많은 문제가 발생했다. 이런 과정을 겪으면서 회의감이 들기도 했고, 다른 일에 눈을 돌려볼 때도 있었음이라.

그러나 일은 나를 살게 하는 원동력이 되기도 했다. 20년을 일해 오면서 많은 사람을 만나고 부딪치며 인생을 사는 법을 배웠다. 아직도 내가 필요한 고객들이 있기에 앞으로도 10년은 더 일할 생각이다. 그러나 반드시 지켜내야 할 약속은 '욕심 버림'. 잊지 말아야 함이라.

# 도전은 두려움도 함께 한다는 것을 잊지 말아야 한다

새로운 일에 도전할 때에는 생각처럼 쉽게 얻어지는 것이 없다는 것을 알아야 한다. 특히 사업에 기대치가 너무 높으면 그만큼의 실망도 따라오게 된다는 사실을 잊지 말아야 한다. 새롭게 코칭센터의 첫발을 내디디려 한다. 아직 사업 구상도 없고, 사무실 이름도 없고, 사업자등록도 안 된 상태이지만 할 일이 많다.

오늘은 사회단체인 YMCA를 찾아갈 예정이다. 새로운 사업의 방향은 사회복지와 연결된다. 여성의 사회참여와 1인 여성 기업의 업무를 돕는 단체를 설립할 예정이다.

사실 아무것도 모르는데 부딪혀 보는 것이다. 내 중년에 꼭 해보고 싶었던 일, 여성과 함께하는 사회단체에 영향력을 두는 일은 해보고 싶었다. 처음에는 선교사에 비전을 두고 관심 가졌지만, 그것은 아무나 할 수 없는 영역이라는 것을 깨닫고 한발 물러났다. 다시 비전을 바라보게 된 것이 여성들과 소외된 이들을 돌보는 봉사 단체를 운영하는 일이었다. 특히 여성 1인 기업들. 그들 중 가장 아닌 가장으로 사는 여성들이 많다. 지금 시대에 '돌싱'이 많아진 것도 한 이유를 차지한다. 내 사업을 통해 그런 고객들을 많이 만나다 보니 더욱 그런 생각을 하게 되었다.

성경에도 고아와 과부와 가난한 자를 돌보라고 하나님께서 명령하지 않으셨는가. 그들에게는 누군가 돌봐야 하는 울타리가 필요한 것이리라.

아직 어떤 일부터 시작해야 할지 가늠할 수 없지만 일단 문을 두드려 봐야겠다. 성공은 많은 시행착오를 통해서 얻어지는 산물이라는 것을 잊지 말고 도전의 길로 걸어가 보자. 기대보다는 설렘으로.

# 지금 할 수 있는 일을 해보고 싶다. 그 소망을 이뤄 내보자

강연을 하고 글을 쓰고, 이것이 나의 꿈이었다. 현실을 살아내기에 급급했던 환경. 대학에 입학하고 싶었다. 가난 앞에 포기했다. 그때만 해도 딸들에게는 그런 선택의 여지가 없던 시절이었다.

동생과 함께 입학하게 되면 학비를 충당할 수가 없었던 시절(학자금 대출이라는 것이 없었다), 나는 야간 고등학교에 다녔다. 동생들이 셋이나 있었고, 그들을 보살펴야 하는 것이 나의 임무 같았기 때문이었음이라. 낮에는 직장으로 밤에는 학교로 그렇게 고등학교 시간을 보냈다.

취업하고 동생들과 서울에서 살게 되었다. 직장에서 돌아오면 식사를 챙기고 세탁기가 없었기에 일일이 손빨래를 했다. 집안일은 온전히 나의 몫이었기에 한날 한날이 그렇게 흘러가 버리게 되었다. 또 그때는 토요일 오전까지 근무했고, 주일 하루는 다음 한 주를 준비하는 가사노동으로 온전히 보냈다. 어찌 보면 다람쥐 쳇바퀴처럼 쉼 없이 돌아가는 삶의 연속이었음이라. 책을 좋아했던 문학소녀의 꿈은 어디론가 사라져버리고 잊혔던 시간이었다. 결혼한 후에는 자녀 양육과 삶의 현장에 묻혀 지금까지 달려왔음이라.

자녀들이 성장한 지금에서야 예전 꿈들을 돌아보기 시작했다. 처음에는 너무 늦었다고 생각했다. 그러나 도전은 용기를 갖게 했고, 그 용기는 실천할 기회를 얻게 했다. 지금은 시대가 좋아져 SNS를 통하여 글을 쓰고 나름 강연을 할 수 있다. 접어두었던 꿈을 향해 도전해보자. 내 인생의 길이 글이 되고 강연이 될 수 있으니 더 행복할지도 모를 일임이라. 꿈을 접었던 내 인생의 동반자들에게 손을 내밀어 본다. 함께 가보자고, 또 꿈을 꾸어보자고.

# 어쩜 이리 정치 성향도 다른 건지

남편과 함께 뉴스를 안 보게 된 것이 한참이다. 같이 보다 보면 크든 작든 상처들이 올라오고, 감정들이 얽히는 일이 많다. 그래서 각자 휴대폰으로 뉴스를 본다.

오늘도 전혀 상관없는 정치인을 거론하며 이렇다 저렇다 비평을 한다. 나는 정치에 관심이 없다. 매일 정당들이 제 고집으로 일관하는 싸움터인 것 같아 귀를 기울이지 않는다. 다만 아침마다 운동하면서 귀동냥으로 듣는 것이 전부임이라.

사람은 사람을 정죄(定罪)할 수도 비판할 수도 없다. 똥 묻은 개가 겨 묻은 개를 뭐라 하는 꼴 같아 나는 어떤 편에도 서지 않는다. 여자 대통령을 지지했다는 이유로 가정에서 퇴출당할 위기에 처한 적도 있었다. 나는 다만 여자가 정치와 대통령에 도전한다는 것이 크고 대단한 일 같아 응원한 것뿐인데 내가 대통령이 된 것처럼 내몰았던 기억이 좀처럼 내 머리에서 떠나지를 않는다.

정치 이념도 다르고 신앙도 다른 이들이 모여 가족 구성원이 되어 함께 산다. 가족이란 어떤 의미일까. 좀 심각하게 고민되는 시점이다. 남편과 자녀와 나 사이에 공통분모로 존재하는 것이 과연 무엇일까. 복잡 미묘하게 전개되고 펼쳐지는 '다름'이 오늘따라 '왜 이럴까, 왜 저럴까.' 하는 궁금증으로 이어진다.

# 노예였다고 하소연을 하는 남편과 통화하면서

"이것저것 다 부려 먹고 내가 노예지."

볼멘 목소리의 남편 전화다. 나이 50대 중반이 되니 뭐가 그리 토라질 일이 많은지 걸핏하면 싫은 소리만 한다. 내 말은 들어보지도 않고 소리부터 질러대는 남편이 곱게 보이지 않는다. 며칠 전 밥 달라는 투정에, 일 없을 때는 본인이 알아서 먹으라고 했더니 마음이 굽어진 상태임이라.

목욕탕에 들어서니 물 흐르는 소리가 들려 원인을 찾아내야겠다는 생각이 든다. 수도를 잠가보라 해도 침대에 누워 요지부동이다. 일을 시킨다는 생각에 나름의 파업인 것 같다.

50~60대의 가장들은 노예처럼 살았는지 모른다. 가족 부양을 위해 죽도록 헌신한 용사들이라는 생각이 든다. 부모에 대한 의무. 그리고 자녀들에 대한 헌신. 그런 가장들이 유난히 많던 시절. 죽어라 일하고도 대가로 연결되지 않았던 것들이 병이 되었는지 친정아버지도 암으로 일찍 세상을 떠나셨다. 그랬다. 일의 노예로 가정의 노예로 살아냈을지도 모른다.

지금 남편은 어쩌면 호기를 부리고 있을지도 모른다. 놀 수 있는 시간에 놀 것 다 놀고 즐길 것 다 즐기면서도, 며칠 조금만 일해도 힘들어 쩔쩔매며 불만을 토해내는 삶.

하지만 아내들도 노예로 살았다고 외치고 싶다. 가정의 노예로, 자녀의 노예로……. 우리도 주인 자리에 있었던 적은 없었다고, 남편들이 느끼는 만큼, 아니 어쩌면 그 이상 노예로 살아왔다고 외치고 싶다.

# 모든 것이 인터넷을 통하여 이루어지는 시대

세입자의 전화다. 텔레비전 고장으로 A/S 신청을 해야 하는데 방법을 도통 모르겠단다. 대표전화로 연락하니 단축번호를 누르라는데 그것도 쉽지 않고, 화면을 보면서 신청하는 일도 어렵다고 신청을 대신 해달라는 하소연이다.

요즘은 어디를 가도 인터넷으로 신청해야 하는 일들이 많다. 얼마 전에 햄버거를 사러 갔다. 주문을 기계로 하는 곳이었다. 대기자는 많은데 줄이 좀처럼 줄어들지 않아 기웃거려보니 기계 주문이 어려웠던 중년의 남자가 몇 번 시도 끝에 포기하고 나가는 것을 보게 되었다. 최첨단 기술을 영유하며 사는 지금 세대. 그런 세대와 함께 더불어 살아야 하니 50대의 우리는 버거운 것이 사실이다.

현금이 있어도 사용하지 못하는 경우도 흔하게 본다. 한 번은 주차비를 내려는데 카드 이외에는 결제가 불가능하다는 안내판을 보고 놀란 적이 있다.

모든 것이 전자로 바뀌어 간다. 사람이 없어도 운영되는 매장과 무인 판매대가 늘어나고 있다. 사람이 필요 없어지는 시대. 기계가 주인 자리를 차지했다. 얼마 전 전자인형이 할머니 말벗이 되어준다는 뉴스를 보고 이제 기계와 사랑을 나누는 시대를 살고 있음에 쓸쓸한 미소가 지어졌다.

# 소망을 품고 한 해를 시작했는데 올해도 하루만 남았다

달력의 마지막 달이자 마지막 날이 종이 한 장으로 잊혀 간다. 절대로 이 날만큼은 새로 와 주지 않는다. 마지막을 알리기도 하고 시작을 알리기도 하는 달력은 참 오묘하다. 내 삶의 1년을 뒤돌아본다.

5년 전 투자한 곳의 부도로 인하여 힘들었을 때 작정한 게 있다. 5년 계획을 했었다. 5년만 참아내 보리라. 그러면 무엇인가 이루어질 것 같았다. 그리고 처절하게 살아내 왔다. 가난이 싫어서 몸부림쳤지만, 그 가난으로 다시 들어갔던 시간들. 내 의식주는 고사하고 남에게 피해를 주었다는 죄책감이 더 어려웠던 시간. 회수되지 못한 자금, 그 막대한 손실들을 짊어지고 살아내야 하는 시간. 그것이 나에게는 지옥과 같았던 시간이었음이라.

어떻게 지내오고 어떻게 살아왔는지 기억조차 하고 싶지 않은 한 해였음이라. 그 시간을 달려오면서 미안하고 송구한 마음밖에 없었던 나날들. 그러나 시간은 나를 배신하지 않았다. 한 장씩 뜯겨 나가는 달력의 장수가 60장을 넘어간다. 그 시간들은 나에게 다시 삶의 의미를 부여했다. 나의 욕심과 무모함이 얼마나 덧없었는지 알려줬다.

이제 하루가 남은 시간 앞에 자랑스럽게 세워지고 싶다. 잘 살고 있다는 용기를 갖게 해 준 새로운 달력 한 장의 의미에 감사를 보낸다.

휴~ 정말 힘들었다고……. 하지만 누군가를, 또 무언가를 사랑할 수 있던 '시간'이 내게 주어진 것은 진정 행복이었음이라. 아듀, 지나가는 '시간들'이여.

# 암 투병 중인 셰프의 블로그

내가 힘들어졌을 때부터 기록한 블로그는 내 삶의 책자가 되었다. 블로그 이웃들의 멋진 글과 사진들을 보고 있자면 부럽기도 하다. 나도 한때는 멋진 글을 쓰는 작가를 꿈꿨고, 아름다운 노래의 작사도 해보고 싶었는데⋯⋯. 블로그를 하면서 억지로 뭔가 쓰려 하지 않아도, 힘든 삶의 여정을 있는 그대로 적는 일기 같은 것들, 그 자체가 글이 될 수 있다는 사실을 배운다.

요즘 유난히 눈에 띄는 블로그가 있다. 정신우 셰프. 한때 제법 잘나가던 요리사였다. 텔레비전은 물론 홈쇼핑, 쿠킹 클래스, 학교 강의 등으로 바빴던 그에게 종양이 발견되었다. 그의 투병기가 기록되는 블로그를 열어봤다. 암은 손쓸 새도 없이 온몸에 전이 되어가고 심각한 상태에 이르렀다. 그러면서도 항암 밥상을 연구하고 책을 출간했다. '먹으면서 먹는 얘기할 때가 제일 좋아'. 처음에는 많은 홍보와 지인들의 구매로 베스트셀러까지 진입했지만, 지금은 병마와 싸우느라 입퇴원을 반복하면서 홍보가 안 되고 있다. 하지만 결국 책으로서 남아 그의 흔적이 세상에 남겨졌다.

그를 보며, 그의 책을 보며 누군가는 용기를 얻었을 것이다. 그 누군가에 나 역시 포함되었다. 나도 지금까지 일기처럼 기록한 이야기를 책으로 출간하고자 한다. 한편으론 신간 서적의 자리에도 올라보지도 못하고 폐지가 될까 두렵기도 하다. 하지만 나도 다른 사람의 일기를 보듯 다른 사람도 내 일기를 봐주면 어떨까 싶다. 내 삶의 진솔한 모습이 누군가에겐 격려가 되고 위로가 되고, 또 용기가 될 것이라 믿기 때문이다.

## 큰일 났어요

마트에서 친구인 듯 보이는 중년의 두 사람이 반가워하며 서로에게 인사를 한다. 아무래도 같은 아파트 단지에 사는가 보다. 한 사람은 아기를 등에 업고 한 사람은 카트에 음식이 한가득 차 있다. 두 사람은 등에 업힌 아이를 두고 대화를 나눴다.

"누구네 아기예요?"

"큰아들네 손주요."

아기를 업고 있던 사람은 연년생으로 손주를 봐서 어쩔 수 없이 집을 팔고 같은 아파트 단지로 이사를 왔다고 한다. 그 얘기를 듣고 카트에 음식이 가득 차 있는 사람이 연신 '큰일 났다'를 외쳤다.

옆에서 나 또한 남의 일 같지가 않아 귀동냥하게 됐다. 연신 큰일 났다고 외친 사람의 부연 설명은 이러했다. 손주를 봐준다는 것도 전쟁이지만 아들 내외가 같은 아파트 단지에 산다는 것은 정말 큰 일이란다. 하루가 멀다 하고 불러댈 것은 뻔하고 식당을 방불케 하는 식사도 무시하지 못할 것이라고 했다.

언제부터 부모가 그랬던가. 자식이, 손주가 집에 오면 반갑기는 하지만 갈 때는 더 좋다고 하는 명언이 생겨나는 이유가 무엇일까. 그만큼 자녀 양육 문제가 크게 다가오는 것일 테다. 지금 우리 시대가 겪고 있는 현실, 그 속의 여러 가지 문제들이 안타깝기만 하다.

## 50대의 도전이 멋있다는 30대

다른 일을 도전한다고 하니 눈을 크게 뜨고 되묻는다.

"다른 일에 도전한다고요?"

문득 자신을 돌아보게 된다. 다시 도전하기에 늦은 나이라는 것인가. 그랬다, 30대의 젊은 엄마가 보기에는 용기라고 생각하는지도 모를 일이다.

"멋지네요."

도전이 멋지다는 것인지, 용기가 멋지다는 것인지 알 수 없었다.

그랬다. 나도 사실 선배들이 무엇인가를 도전한다고 할 때 '그 나이에?'라며 실패와 같은 부정적인 생각을 먼저 했던 것 같다. 지금 내가 그 나이를 지나고 있다. 그리고 새로운 일에 도전할 계획을 세워나가고 있다.

오늘 성경 인물 중 내가 존경하는 다윗과 요셉을 다시 정독해서 읽어보았다. 그들은 한결같이 꿈을 꾸기 시작했을 때, 또 왕으로 기름 부어졌을 때 불어 닥친 시련과 풍랑을 통과한 인물이었다는 것을 알게 함이라.

꿈만 꾸고 있다는 것으로 그 꿈이 그냥 저절로 이루어지는 일은 절대 없다. 고통과 유혹의 시간을 견뎌내야 한다. 나에게 주어진 사명을 다시 점검해 보았다. 그 사명으로 더 많은 것에 도전해보고 싶다는 생각이 든다. 태어남도 숙명이지만 꿈을 이루어내는 것 또한 나의 숙명이리라.

혹여 실패라는 장막이 내 인생에 휘몰아칠지라도, 한 번 도전해봤다는 사실만으로 괜찮은 용기였다는 생각이 들 것 같다. 후회하지 않을 것 같다. 나는 그래서 오늘도 세상에 도전장을 내본다.

# 친정아버지가 세상 떠났을 때의 나이가 되어간다

오늘 지인이 심정지로 인해 세상과 작별을 고했다. 그의 나이 54세. 사업을 시작하기 위한 모든 절차를 마쳐놓고 다음 주에 오픈이라고 하던데, 갑자기 예고도 없이 갔다. 열심히 자기 일에 충실했다는 지인.

커피숍에 앉아 이야기하다 보니 내 아버지가 생각났다. 세상 누구보다도 가정에 충실하셨고 열심히 살아냈던 아버지. 그 아버지가 세상을 떴을 때 나이는 57세. 사람은 누구나 세상에 태어나고 또 죽음으로 이별하는 것이 인생이다. 그러나 그 이별의 시간이 너무 빠르면 남겨진 가족들에게는 상처와 그리움으로 남는다. 나 또한 아버지의 일기장을 무던히 펼치고 돌아보고 회상했었다.

그렇다. 나에게 남겨진 일이 있을 때 세상을 떠나는 일이 아쉬움으로 점철되는 것은 아닐까. 하지만 다시 생각해보면 그 아쉬움은 남은 이들의 아쉬움일지도 모른다.

자녀들이 결혼하고 자기 삶을 영위해 나가고 있기에 나는 세상에 미련이 없다. 오늘 54세의 일기로 세상을 떠난 지인이 부러워지는 이유이기도 하다. 세상에서 할 일 다 했으니 천국에 불려갔다는 생각에 부러움이 생긴다.

내가 이제 아버지가 세상 떠났을 때의 나이가 되어간다. 나는 지금 불려가도 미련이 없는데 왜 매일 아등바등 살아내려 힘을 써대는지 모를 일이다. 어쩌면 아직도 세상에 남겨져서 해야 할 일이 있는 걸지도 모른다. 나에게 주어진 시간은 얼마나 될까. 그 시간 안에 해야 할 일이 무엇인지 확인해봐야겠다.

# 사위와의 첫 식사

시어머님은 재차 말했다. 사위가 오니 집에서 닭백숙으로 대접하라고 신신당부한다. 사위가 오면 씨암탉을 잡아주는 것이 예의라고 하면서. 그냥 듣고 흘렸는데 자꾸 생각하니 내가 뭔가 잘못한다는 생각이 든다.

이번 명절에는 하루 전날 내려온다는 연락을 받았다. 남편에게 의논하자 흔쾌히 닭백숙을 해 주자고 한다. 사위는 백년손님이라 한다. 언젠가 지인이 사위의 이름을 부르면서 반말로 대화하며 친밀감을 과시하는 모습이 얼마나 안 좋아 보였는지 지금도 못 잊는다. 나 또한 호칭을 어떻게 해야 할지 몰라 난감하다. 이름을 부르자니 너무 격의 없어 보이고 김 서방이라고 부르자니 그것도 어색하고. 그래도 이름으로 부르지는 말아야겠다는 생각이 든다.

극존칭은 아니더라도 존중하는 호칭을 붙여 봐야겠다. 호칭이 점차 낯설어지고 없어지는 시대에 아무렇게 부르면 기본 예의까지 없어지는 건 아닐까 두렵다. 나부터 사위의 호칭을 세워나가야겠다.

아직은 낯설지만, 가족 간에도 반드시 예의가 필요하다는 것을 알게 할 수 있는 올바른 첫 식사가 되길 원해본다.

# 나를 제대로 볼 수 있는 거울로 들여다보자

며칠 전 황당한 사건을 겪고서야 사람은 누구나 별반 다르지 않다는 것을 새삼 깨달았다. 상대의 진심은 헤아리지 않고 행동을 앞세우는 사람들은 큰 실망을 안겨 준다. 목적과 이유를 알기 전에 자기 멋대로 먼저 판단해버리는 사람들. 이유가 어찌 되었든 자기감정에만 충실한 사람들. 그러한 것들이 관계 속에서 어려움을 만들어 내고 있다는 사실을 상기하며 나 또한 어리석었던 시간을 되새겨본다.

오늘 후배가 찾아와 리더의 잘잘못을 하소연한다. 그랬구나, 대답하며 누구나 상대로부터 받은 상처들을 안고 살아간다는 생각이 들었다. 그러나 그 잘못을 본인은 알지 못한다. 나를 볼 수 있는 거울이 없기 때문이다. 나이가 들어가면 자기의 거울이 더욱 흐려지는 것 같다.

가끔 엄마가 경로당 일을 하소연한다. 그때마다 어르신들이 우리보다 더 고집 세고 어린아이와 같이 투정을 부린다는 사실을 배우고 있음이라. 지금 당장 고집부리는 것을 고치지 못한다면 나이가 들어서도 별반 다르지 않을 것임이라.

내 거울을 볼 수 있어야 한다. 혹여 자신만의 이해관계 속에서 다른 사람을 힘들게 하는 것은 아닌지. 그렇게 좁아지는 대인 관계로 인해 스스로가 어려운 환경 속에 얽매이는 건 아닌지. 항상 자기 자신을 돌아보고, 자신의 거울 앞에서 옷깃을 바로 여미는 법을 배워야 함이라. 상대방을 대할 때 신중하고 배려하는 법을 배우는 것에는 지식이 아니라 지혜가 있어야 함이라. 내 감정을 조절하는 법은 반드시 배워야 한다. 그것이 자신의 거울을 볼 수 있는 첫걸음이리라.

# 추측하지 말자

　남들의 관심을 즐기는 사람들이 있는 반면에 무관심이 편한 사람들도 있다. 나는 후자를 택하고 싶다. 많은 사람이 남에게 관심 가지기 좋아한다. 좋게 말하면 선의의 호기심이고 나쁘게 말하면 쓸데없는 오지랖이다. 누군가에게 관심을 가지면 가질수록 장점보다는 단점이 보인다는 것을 살면서 알게 됐다. 관심이 커질수록 자신도 모르게 상대방의 허물을 보게 되고, 평가하게 된다.

　그보다 더 나쁜 것은 자기 나름대로 하는 추측이다. 추측은 수많은 소문을 야기한다. 얼마 전 새로운 일에 필요한 자격증을 취득하기 위해 아는 교수님을 통해 도움을 요청했다. 감사하게도 흔쾌히 응해주시어 수강할 수 있었고, 많은 사람이 관련 현장으로 나갈 수 있는 기회를 얻었음이라. 그러나 추측이 난무한 가운데 내가 구설에 올랐고, 많은 사람이 나를 오해하고 있다는 사실을 알게 되었다. 내가 어떤 형태의 무슨 수업인지 주변 사람들에게 올바르게 인식시키지 못한 점도 있다. 그러나 남들의 과도한 상상과 추측 속에서 이미 내 마음은 닫히고 있었음이라.

　사람들은 남의 상황도 모르면서 추측하고 평가하기를 즐긴다. 아무리 그래도 직접 확인하지 않은 일을, 근거 하나 없이 추측하고 예단하지는 말아야 함이라. 나를 돌아보게 된다. 나 또한 다른 이들을 멋대로 추측하고 평가해대고 있지는 않은지. 그러지 말자. 호기심이 일더라도 묵인하고 또 묵인하고, 진실이 수면 위로 올라와 보일 때까지 기다려주자. 조급해하지 말자. 무엇도 내 멋대로 추측하지 말자.

# 스스로 만족할 수 있는 직업을 가지고 즐겨라

연년생으로 자녀가 셋, 힘들었던 육아. 첫째가 걷기 시작하고 둘째가 기어 다니기 시작하고 막내가 누워 젖병을 빨던 시기. 차라리 쌍둥이였다면 남들이 보기에도 고생이라 격려라도 받았을 것 같다. 그런 정신없는 환경에서 제대로 된 자녀 교육은 상상도 못 할 일이다. 그저 얼른 자라주기만을 고대했던 시간들.

그러면서 겪게 된 아이들의 사춘기. 중학교 1학년, 2학년, 3학년. 성씨도 '호'라는 특이한 성을 가졌기에 학교에서도 유난했던 사춘기. 작은 일탈에도 담임선생님의 호출이 있었던 시기. 학교에 가지 않고 놀러 간 막내를 찾아 경찰들과 함께 바닷가를 헤집었고, 학교 기숙사에서는 개구멍으로 도망쳐 속을 썩이기도 했다. 하지만 삶이 바쁘고 여력이 없다 보니 학교 방문은 엄두도 내지 못했다. 그렇게 자식들은 자랐다. 대학교 입학 등 진로도 본인들 스스로 정했다. 자녀들의 수능 날짜도 몰랐었다. 그 와중에 나는 자녀들에게 한 가지만을 당부했다.

'돈을 벌기 위해 학교나 직업을 택하지는 말아라. 너희가 좋아하는 직업을 택해라. 그것이 만족하는 삶을 사는 비결이다. 공부에 올인하지 말아라.'

그래서인지 모두 자기 적성에 맞는 직업을 택했고, 나름 그 직업에 만족하며 살아내고 있음이라. 직업은 내가 선택할 수 있는 몇 안 되는 특권 중 하나라는 생각을 해본다. 혹여라도 지금 여러분 자녀들에게 세상의 기준에 맞춰 직업을 선택하라 강요하고 있지는 않은지 점검해 보자. 그것이야말로 우리 자녀들의 인생을 불행하게 만드는 부모들의 욕심일 수 있음을 생각해봐야 한다.

# 가면

가면을 쓰고 나와 열창을 하는 TV 프로그램을 본다. 춤이 엉성해도 노래 실력이 없어도 그 사람을 평가하지 않는다. 출연자가 가면을 벗고 나서야 참관자와 방청객들은 '이 사람이었구나.', '그랬었네.' 하고 연신 환호를 보낸다.

가면을 쓰고 노래하니 부담 없이 편하다고 대답하는 그들을 보게 된다. 가면은 실체를 보여주지 않아도 되는 안정감을 주는 것 같다. 사람들은 가면 쓰기를 좋아한다.

나 또한 그런 시간이 있었다. 사업의 부도로 상황과 마음이 온전하지 못한데도 아무렇지 않은 척 가면을 쓰고는 곧 재기할 수 있을 것이라는 암시를 보냈다. 처절하게 병들고 아픈데도 다른 사람들에게 결코 허점을 보이고 싶지 않았기에, 그리고 나약하게 보이고 싶지 않았기에……. 그것이 병인 줄도 모르고 그 방식이 내가 잘사는 길인 줄 알았다.

'가면 우울증'이라는 진단을 받았던 목사님이 생각났다. 본인 스스로 삶이 힘들고 버거웠음에도 강단에 올라 설교를 해야 했던 안타까움을 알게 되니 마음이 더 아팠다. 아무리 신에게 하소연할 수 있었다 해도 진정으로 속마음을 풀어낼 눈에 보이는 상대가 필요했던 것은 아닐까. 나도 그런 시간을 겪어내면서 스스로 가면을 벗어내기에 안간힘을 썼다. 가면은 또 다른 가면을 쓰게 한다는 것을 깨달았다. 하나님 앞에서 정직하게 살기를, 내 감정에 솔직해지기를 소원하며 살아왔다.

지금은 가면 속의 내 모습보다 그냥 있는 그대로의 모습이 편하고 좋다. 가면을 쓰고 나면 잠깐은 행복해 보일지 모르지만 가면 속의 감추어진 내 모습은 분명 일그러진 모습일 것이다. 가면무도회가 생각난다. 그들이 숨기고자 하는 것은 과연 무엇일까. 혹시 마음껏 즐겨보자는 악한 의도는 아닐까. 아무리 세상이 우리에게 가면을 써야 한다고 외쳐도, 그 가면은 거짓의 올무가 될 수 있음을 기억해야 함이라.

# '50세 사춘기'를 펴내며

　'반오십'이라는 말이 있다. MZ세대가 자기 나이를 표현하면서 나이 들어감을 자조적으로 말하고자 쓰는 표현이다. 최경숙 작가는 그들의 곱절인 '반백살'의 나이가 되었다. 공자가 하늘의 뜻을 아는 나이라고 표현한 지천명(知天命)이 되었지만, 작가는 하늘의 뜻은커녕 당장 내일의 삶도 알지 못하는 위태로운 삶에 처해있다. 작가는 가정과 사업, 그 어느 것 하나 놓치지 않고 삶의 많은 '시간들'을 '살아 내고' 있다.

　그 힘겨웠던 삶을 견뎌내려 써 내려간 인생의 수기(手記)에는 위로는 부모 세대를 봉양하고, 아래로는 자녀 세대에 눈치 봐야 하는 '끼인 세대'의 비애가 녹아있다. 그 동년배 세대들에게 꽃 한 다발 선물 같은 책이 되길 바란다는 작가의 글 하나하나는 이 책을 통해 한 송이 꽃처럼 피어난다.

　어른 아닌 어른, 위아래로 낀 50대 중반 세대가 느낄 수 있는 여러 가지 소회를 작가만의 독특한 문체로 덤덤하게 풀어낸 '50세 사춘기'는 반오십 세대에게는 부모님 세대, 우리네 엄마의 속마음을 들여다볼 수 있는 기회를, 반백살이 된 세대에게는 순탄치 않았던 그들 세대만이 느낄 수 있는 따뜻한 위로를 건넨다.